현대시시인선 179

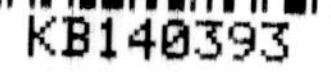

프라이팬 길들이기

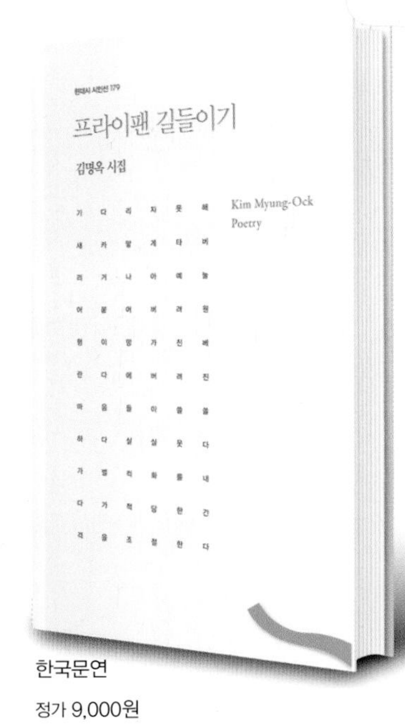

김명옥 시인

부산에서 태어나 1995년 국제신문
신춘문예로 등단했다.
시집으로 『지금 삐삐가 운다』,
『달콤한 방』이 있다.

한국문연

정가 9,000원

김명옥 시인의 세 번 째 시집 『프라이팬 길들이기』의 시편들을 읽으면서, 서정시가 가져야하는 소통의 문제가 역시 중요한 과제가 되고 있음을 느끼게 된다. 첫 시집 『삐삐가 운다』와 두 번 째 시집 『달콤한 방』을 거쳐서 현재까지 이르도록, 서정시 본연의 소통지향성에 대한 깊은 고뇌와 함께 그녀 특유의 여러 가지 추구방법들이 나타나 있다. 세 권의 시집에 공통적으로 흐르는 맥락은 서정의 본질에 닿아 있는 신뢰성과 친밀감은 물론, 함축성을 머금은 시어의 다의성이다. 그녀만의 서정이 지닌 독특한 언어문법은 몹시 평이하고 순탄하면서도 내밀한 울림의 깊이가 있고, 그 깊이 속에서 건져내는 시어의 다의성과 함축미, 그리고 구체적인 대상물들의 형상화까지 모두 한 그릇에 오롯이 담아놓고 있다. —오정환(시인)

1) 2017년 12월(118차) 다대포
2) 2018년 1월(119차) 일광
3) 2월(120차)–동래읍성,복천동고분
4) 3월(121차) 오륜대 회동수원지에서

1) 4월(122차) 구포 무장애길 뒷풀이
2) 4월_박달수 고문 길벗강연 : 생명의 가치
3) 5월(123차)_이기대 해안산책로
4) 7월(125차)_합천 낙화담
5) 7월_합천연호사 돌층계
6) 11월(128차)_낙동강변

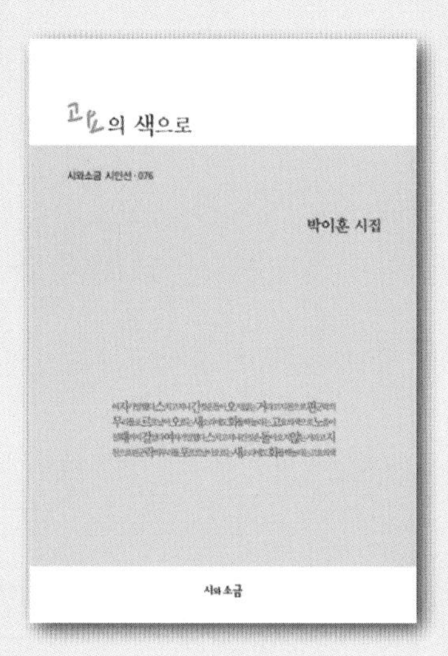

■ 시와소금 시인선 · 76

박이훈 시집
『고요의 색으로』

박이훈 시인은 경남 밀양 출생으로 2010년 시집 〈수신두절〉로 작품 활동을 시작했으며 계간 《시와소금》 신인상 당선으로 등단했다. 현재 부산 작가회의, 부산 시인협회 회원으로 창작 활동을 하고 있다. *2018년 부산시 지역문화예술특성화지원금을 수혜.

누군가에게 위안이 되는 시는 타인을 향해 열려 있을 수밖에 없다. 그녀의 시는 때론 자신의 내면을 들여다보기도 하지만, 대부분의 시들은 타인에게로 향해 있다.

이 때문에 그녀의 시집에 나타나는 정서는 고요함 속에 대상을 응시하는 위안으로서의 사랑과 분노가 많이 나타난다고 할 수 있다.

서정시가 대상을 향한 측은지심으로부터 시작한다고 한다면, 그녀의 시는 분명 시적 근원을 이루는 따뜻한 서정의 시심(詩心)으로부터 출발한다고 할 수 있다.

그녀의 시가 고요와 허공, 사유의 세계를 보여주고 있다는 점에서 마음을 편안하게 한다는 것을 발견할 수 있을 것이다.

— 황선열(문학평론가), 「작품해설」에서

• 24436 강원도 춘천시 충혼길20번길 4. 시와소금 / ☎(033)251-1195, 010-5211-1195
• 전자주소 : sisogum@hanmail.net / 다음카페 : http://cafe.daum.net/poemundertree

■ 빛남시선 112

요나의 고래사냥 아직도 끝나지 않았다

김혜영 시집

김혜영 시인의 시에는 거의 장소 혹은 풍경이 등장한다. 풍경 속의 삶을 간략하지만 정확한 필치로 그려낸다. 모든 것은 아름답게 형상화 되어 각자의 뜻을 지니며 풍경과 삶이 어우러진 깊은 시적 울림의 여운이 시편 끝에 매달려 잘 사라지지 않는다.

김혜영의 시편들은 장엄한 풍경 혹은 소박한 풍경 속의 인간의 삶을 노래하고 있다. 인공으로 장식된 도시 속의 일상이 아니라 자연으로 구성된 풍경과 함께 어우러지는 사람들의 모습을 그리고 있다.

풍경에 파묻히지 않고 사물과의 적당한 거리유지가 되지 않으면 좋은 결과를 얻기가 어렵다. 김혜영 시인은 이를 거침없이 해내고 있다.

–정익진(시인)

김혜영 시인

시인 김혜영은 서울에서 태어나 2011년 계간 ≪문예시대≫로 등단하였다. 시집『바람의 언덕』(한영 대역판),『초로의 길목에서』,『소금꽃』,『요나의 고래사냥 아직 끝나지 않았다』를 출간하였다. 문장21 고은 최치원 문학상 본상(2014), 문예시대 한국 가람문학상을(2015) 수상하였으며 부산문인협회, (사)부산시인협회, (사)부산여성문학인협회, 부산남구문인협회, 한국농민문학회, 부산 동구예술인 협회, 크리스찬 문인협회 회원으로 활동하고 있으며, 한국가람문학회, 알바트로스시낭송문학회 이사로 활동하고 있다.

빛남출판사 | 부산시 중구 보수대로 128 **TEL** : (051)441-7114

수필선 41 김소희 수필집

노무현 대통령과 함께하는 봉하마을 이야기

봉하네 텃밭

도서출판 글벗

길 위에서

2018 창간호

부산문학인길벗모임

서문

길 위에서

신 진

부산문학인길벗은 온갖 편법과 왜곡의 파고에 묻힌 도시적 삶의 무잡함에서 비껴나, 상식선의 양심과 공평성을 실천하고자 하는 모임이다.

소신을 갖되 장식으로 쓰지 아니하고, 자존감을 갖되 더불어 겸손하며, 성심을 다하되 명리 획득의 수단으로 써먹지 않는, 맑고 따뜻한 삶을 지향하고자 마음을 모은다. 상식선의 양심과 공평성이란 경쟁사회의 틀을 곧이곧대로 받들지 않는 동시에 자기도취적 개성을 좇지도 않는, 공통의 주체, 주체적 공동체의식에서 우러나는 것이리라.

지금 이 땅의 문학은 추상적이고 기능적인 조작에 매달리고 있다. 만연한 유아주의적 사고는 남들 다 아는 뻔한 소리가 아니면 독자의 언어 소비심리와 말초신경만을 자극하는 임기응변, 우연, 환상, 유희, 혼성모방 등 납득 불가한 언어놀이를 남발한다. 디지털기기 의존도가 폭발적으로 높아지면서, SNS를 통한 임기응변의 문학을 생산되는가 하면 가상현실이 물리적으로 현재화되기도 한다. 덕분에 개인은 극도의 단절감과 자기도취의 수렁에 빠져서 갈 곳 없는 유일신과도 같은 모순의 존재로 전락하고 있다.

저마다 편당적 친목단체로 전락한 대형 문학단체들은 자기 정화의 기능을 잃고 '문학한다'는 간판은 내걸되 문학을 쫓아내는 일을한 문학인은 명리 부스러기나 챙기려들고, 지원금, 상금 따기에나 매달리고 출판사와 문예지의 눈치를 살피느라 바쁘다. 이기적 탐욕과 경쟁의식은 모방, 표절, 편집, 조작을 실험적 도전으로 받아들인다. 인간적 공통성에서도 벗어나고 필수적 창의성에서도 벗어나는 글들이 시대를 앞서가는 양 선전된, 독자로부터 외면당해도 싸다할 만치 저속한 임기응변이 횡행하고 있는 것이다.

이래저래 자유를 빙자하는 기만책이 쏟아지면서 삶이 왜곡되고 내적 갈증이 가중되고 있다. 참삶을 몰아내고 문학판을 흔들며 얄팍한 손재주와 물리적 실리 챙기기가 목적이 된다. 내적 진정성은 손상되고 삶의 성찰력은 회복될 기미를 보이지 않는다.

우리는 최소한 이런 문제들을 간과하지는 않는 길을 함께 가고자 노력하려고 한다. 기계나 금수(禽獸)가 아닌, 인간적인 관점에서 문제들을 성찰하면서 이를 공유하는 것이 삶과 문학의 바른 길에 서는 일임을 잊지 않았으면 한다. 온갖 논리와 명분의 위장술(僞裝術)에 반발하면서, 이기적 패권주의와 편당주의에 편승하지 않으리라 다짐한다.

이 세상에서 완전히 새로운 것이란 아마 없을 것이다. 일견 새로워 보이는 물리적 발견이나 사회현상, 문학작품도 모두가 과거의 것에 대한 일종의 재현, 창조적 모방이라 할 수 있다. 하지만 어떤 명분도 이기적인 모방을 창의적 탐구로 둔갑시킬 수 없다는 사실을 덮을 수는 없다. 시세에 편승하면서 변명의 명분을 짜내는 공허한 추상주의가 인간적 진정성의 눈을 속일 수는 없다. 참삶이란 공동체를 이루는 주체, 주체를 포용하는 공동체의 화해에 의해 이루어지는 것이리라. 문학을 아끼는 마음은 양심을 돌보는 마음이요, 조금씩이나마 저나름 세계의 진로를 성찰하는 마음이리라. 그 길은 언제나 매순간 새로운 성찰과 조명의 노력을 요구하고 있다.

문학길벗 무크 창간호 『길 위에서』는 부산 지역에서뿐 아니라 한국 사실주의 소설의 주춧돌의 하나 된 소설가 요산 김정한, 그리고 초현실주의를 비롯한 모더니즘 시와 시론의 주요 원천이 되었다할 시인 조향을 재음미하기로 했다. 삶과 문학의 길을 외곬으로 걸어가신 분들이다. 귀한 글을 싣게 되어 다행스럽다.

소설가 유익서의 '혼자 나는 새가 갖추어야할 다섯 가지 조건'-, 귀한 신작이다. 잃어버렸다 다시 찾은 듯한 문학인 길벗 최갑진의 인생여적도 주목할 만한 길을 열어 보이리라라 여겨진다.

길벗들의 작품 외에도 빼어난 작품들을 싣고자 했다. 모시다 보니 부산에서 2018년도 한국문화예술위원회, 아르코문예지원금을 받은 네 시인의 신작시를 게재하게 되었다. 그 외 야심작들로 지면을 빛내어준 각 장르의 필자들은 물론 길벗들의 문학적 실천에 격려와 자축의 박수를 보낸다.

문학인은 세속의 무잡함으로부터 한 걸음 물러설 줄 알아야 하리라. 그 물러섬은 현실로부터의 도피가 아니라 공동체적이면서도 주체적인 양심을 시시각각 재발견하고 실천하기 위한, 탐욕으로부터의 거리두기일 것이다. 지금 여기가 타락의 세상일 수밖에 없다 할지라도 그 타락에서 소외되기를 마다하지 않을 때 삶과 문학이 만나고 마음과 마음이 만나는 안심의 길을 열게 될 것이다. 문학의 가치는 물질화 금수화의 물결에 순응하는 것이 아니라 세속에 저항하고 도전하는 길 위에 있으리라.

기해년을 여는 길벗의 시인들 Ⅰ

시

양왕용	최희웅	최영철	김형술	김경수
김영옥	김명옥	한경동	김혜영	김흥규
채수옥	고명자	이효림	안 민	명은애
감정말	임혜라	김 봄	송만영	

지나치게 부요富饒한 그대에게

– 땅의 노래(10)

양왕용

당신께서 유대 사람들에게
비록 굽은 갈라졌으나 되새김질 못하니
부정한 음식이라고 먹지 말고
죽은 것은 만지지도 말라는
돼지를
우리는 즐겨 먹노라.
살코기와 껍데기는 물론
뼈 속에 든 감자까지 먹고 또 먹으니
우리는 돼지 키워
아이들 공부시키고 유학도 보내고
때로는 키우는 악취로
서양 언론의 조롱거리도 되고
그로 인하여 생기는 퇴비가 좋다고
갖가지 농사 짓는데 뿌리고 또 뿌려
끝내 그대를
영양 과잉으로 병들게 했노라.
해마다 발생하는 녹조도
이 탓이라 하니

결국은

그대를 못살게 군

우리가 죄인이라 회개하며

당신께서 가르친 대로

먹지도 말고 만지지도 말지니.

아 그러면

우리는

어떻게 아이들 공부시키고 유학도 보내나?

양왕용

1966년 월간 《시문학》에 김춘수 시인 3회 천료로 데뷔.
시집 『백두산에서 해운대 바라본다』 외 8 권.
연구 논저 『한국 현대시와 디아스포라』 외 7 권.
시문학상 본상, 부산시문화상(문학부문) 외 다수.
현재 부산대학교 명예교수, 한국문인협회 부이사장 외.

호외 외 1편

최휘웅

TV가 아직 없던 시절 얘기인데요. 간혹 호외요. 하는 외침이 창을 후려치던 날이 있었습니다. 그 때 우리는 막걸리 잔을 내려놓고 달팽이처럼 오그라드는 시선으로 서로의 눈빛을 부둥켜안았습니다. 호외의 세상으로 떠밀리는 순간, 호외가 세상을 뒤흔들어 놓을 것 같은 무서운 기세로 거리를 휩쓰는 동안, 혁명이 혁명을 부르는 악순환의 고리에 목이 끼어 몸서리치다가 비틀 비틀 술집 밖으로 나섰는데요.

세상은 여전히 비 내리는 거리였습니다.

호외가 몰고 오는 세상에 대하여 주먹을 쥐고 열심히 이죽거렸지만 그것도 잠시였을 뿐, 그저 지면위로만 기어 다니는 별난 문자의 세상일 뿐이라고 어제와 다름없는 산복 좁은 길로 술 취한 유행 가사를 실어 나르다 게딱지같은 판자 집 앞에 망연히 섰습니다. 그때 발밑 저 아래 바다 위에는 연안에 정박한 배에서 흘러나온 불빛들이 떠 있었는데요. 아, 호외처럼 경기 들린 캄캄한 젊은 시절이 불빛과 함께 출렁거리는 것을 보고 있었습니다. 절벽 같은 산의 배 아픔을 안고 말입니다.

숲

새가 희망의 알을 품고
둥지를 트는 곳
우수의 녹색 날개들이
밤의 정령과 춤을 추고
껍질을 깨기 위하여
무수한 생명의 씨앗들이
잠을 설치는 곳
태어나고 죽는 것이
함께 어울려
장엄한 환상곡을 만든다.
아침이면 잎새 위에
쏟아지는 금빛 햇살
윤활유 같은 약동
살아 있는 모든 이웃들이
힘겹게 닻을 올리며
함께 함성을 지르는 곳

최휘웅
1982년 월간 《현대시학》으로 등단. 시집 『카인의 의심』, 『녹색화면』 외.
평론집 『억압. 꿈. 해방, 자유, 상상력』 현재 계간 《시와사상》 편집인. 계간 《부산시인》 주간.

귀뚜라미 노래

최영철

저 멀리서 구워 배달된 바다 통구이
해안에 도열한 식객들이 물어뜯는다
숟가락이 국맛을 모르듯
혀가 국맛을 말하지 않듯
귀씨들이 몰려와 말줄임표로
뚜라미 뚜라미 운다
뚜라미는 바다 건너 집 나간 귀씨 집 자식
비뚤어진 자식새끼 두들겨 패고
돌아서서 내쉬는 구성진 한숨
뚜라미 뚜라미
밤바다 흰 잇몸 열렸다 닫히는 소리

최영철
1986년 한국일보 신춘문예 당선. 시집 『말라간다 날아간다 흩어진다』 외 7권.
산문집 『동백꽃 붉고 시린 눈물』 육필시선집 『엉겅퀴』
백석문학상, 이형기문학상, 최계락문학상 등 수상.

무겁워 외 1편

김형술

날마다 올가미를 낳는 천정이 있어. 잠들기 전 기꺼이 날아올라 그 올가미에 목을 매곤 했지. 목을 매달고 또 매달고 올가미를 자르고 또 잘라도 새롭고 힘센 올가미는 날마다 태어나곤 했어. 도망칠 수 없었지. 잠이 드는 일이란 새로 생긴 올가미에 낡은 목을 집어넣는 일, 아침이란 늘 목에 남아있는 선명한 올가미의 흔적을 확인하는 일이었지. 올가미에 목을 매달기 위해, 올가미에서 가까스로 내려오기 위해 저물고 밝아오는 저녁과 아침 여전히 지리멸렬한 채로

여전히 밧줄올가미를 내려 보내는 천정 하나를 갖고 있어. 무겁게 회전하는 별자리, 시든 꽃잎들 지상으로 와르르 와르르 쏟아 붓고 비수 같은 별무리 툭툭 가슴팍으로 떨어뜨리는 오래된 천정. 누가 부르지 않아도 누가 등 떠밀지 않아도 책임이자 의무인 양 그저 일어나 올가미에 목을 들이밀지만 요즘은 자주 천정에서 떨어지곤 해. 올가미는 날마다 튼튼해지고 천정은 더더욱 완강해지지만 나는 더 자주 나에게서

멀어져가네. 의자와 신발과 창문과 침대는 날이 갈수록 무거워져

천정으로부터 달아나는데 누구도 날아오르지를 못해. 누가 이 우주에 납덩이를, 누가 내 천정에 강철날개를 달아놓았을까.

괜찮아

친구를 만났어. 중학교 이후 한 번도 만난 적 없는 친구인데 잠시 어디 다녀 올테니 자기 누나집에서 기다려 달라네. 길가의 더러운 동물들, 온갖 벌레들을 피해서 겨우 도착한 친구누나네 집은 까마득히 높은 계단 위에 있었어. 어지러운 원형계단을 돌고 돌아 겨우 도착하니 너 하나도 안 변했구나 친구 누나는 웃어줬지만 너 눈빛이 왜 그렇게 변했니? 하는 표정이었어. 거기 친구 하나가 더 와 있었는데 얼굴이 백지장이야. 너 얼굴이 왜 그러냐 물었더니 마약장사를 한 대. 마약을 많이 맛보다가 그렇게 됐다고 제 아들을 소개하더라. 계단 위의 친구 누나집은 작은 바람에도 심하게 흔들려서 금방이라도 떨어질 것 같았어. 겁에 질려서 황급히 계단을 내려가는데 앞서 내려가는 다리가 불편한 친구아들은 한사코 도움을 거부하다 기어코 계단 아래로 떨어졌어. 내가 손을 뻗었어도 닿지는 않았지만 다행히 지나가는 차는 피했지. 어디로 가는 지도 모른 채 친구와 친구 아들과 나는 그냥 길을 나섰어. 길가에 연못 하나가 있네. 물이 있는지 없는지 구분도 못할 만큼 투명해서 헤엄치는 물고기들 지느러미 움직임을 다 볼 수가 있었어. 물고기 나이와 물고기 날개에 정신을 뺏긴 사이 친구와 친구아들은 사라지고 연못가엔 아무도 없었어. 여기 내가 왜 왔는지도 모

른 채 연못에 마음을 풍덩 빠진 채 숨도 못 쉬고 허우적거리는데

괜찮아. 오늘도 벽들은 심하게 흔들렸지만 아무도 추락하지 않았고 아무집도 무너지지 않았고 아무도 무덤에서 일어서지 않았으니 다행이지. 다행이다 생각하면서 웃었어. 한밤중에 자다 일어나 웃어본 건 정말 오랜만이야

김형술

경남 진해출생. 1992년 《현대문학》등단 시집 『타르초, 타르초』 외 다수

따뜻한 풍경 외 1편

김경수

바닷가에 남자가 서 있다.
파도가 하얀 뼈를 보여주며 일어설 때
남자는 한 여자와 사랑을 하여 결혼을 하였고
파도가 푸른 등을 보이며 푸른 지느러미를 흔들며 달아날 때
아들과 손자와 함께 서 있었다.
손자가 파도를 밟자
파도 위에 누워있던 흰 구름이 하늘로 올라가 목어木漁가 된다.
손자가 자라면 자랄수록 남자의 수명은 줄어들었다
맑은 음역을 매단 기타를 치고 싶었다.
시간을 좀 더 대출貸出하고 싶었다.
바닷가에 한 남자가 사라졌고 한 여자가 남았고
바닷가에 한 여자가 사라졌고 아들과 손자만 서 있었다.
창문 넘어 남자와 여자와 아들과 손자가 함께
어울려 바닷가를 걷던 풍경이 촛불처럼 일렁인다.
거대한 밤이 빈 바닷가를 검은 이불로 덮어준다.
인근 항구에는 떠나기를 준비하는 배들로 소란스럽다.
가족사진 한 장이 바람의 등에 업혀 멀리 날아간다.
시간이 또 다른 손님을 기다리며 웃고 있다.
순간 속에서 함께 있는 것이 가장 아름다운 풍경이었다.

눈물의 노래

빗물처럼 흘러내리는 노래가 창문을 두드리는 밤
자전거는 페달을 밟으며 우유 같은 달빛을 흘리며 도로를 달려간다.
친구를 떠나는 것처럼, 이 세상의 기쁨에서 떠나는 것처럼
버림받은 자전거는 더욱더 힘차게 페달을 밟고 어두운 도로를 달려간다.

말을 잃어버린 자전거가
십 년 후에 받아 볼 편지를 써서 느린 우체통에 넣는다.
혹시 그때 내가 없더라도 누군가 그 편지를 볼 것을 기대하며
모든 인간이 자신을 사랑할 거라고 착각을 하는 바이올린이
물방울 같은 선율을 던져준다.
선율이 향기처럼 느리게 퍼져나간다.
착각한 바이올린에게 자전거가 노래를 보낸다.

노래가 사랑한 만큼 누구도 노래를 사랑하지 않았다.
상심한 노래가 땅위에 떨어져 빨리 늙어가고 있었다.
슬픔에는 뿌리가 없어 정처 없이 헤매는구나.
사랑을 믿지 않는다는 것

사랑에 실패한다는 것
애초에 사랑이 아니었다.라고 편지에 쓴다.
하프 음악 소리가 가슴을 후벼판다.
노래가 잠에서 깨어나자 눈가에 이슬이 맺힌다.

김경수

1993년 《현대시》로 등단, 시집 『하얀 욕망이 눈부시다』 외 5권
문학 · 문예사조 이론서 『알기 쉬운 문예사조와 현대시』, 봉생문화상(문학 부문) 수상.
계간 《시와 사상》 발행인, 부산 김경수내과의원장.

라오스적인 삶을 꿈꾸며

김영옥

희붐한 먼지가 신발 끝으로 소복이 내려 앉는다 몇 겹 두꺼운 적막에 주먹을 움켜쥐며 두런두런 밤길 걷던 기억은 얼마만인가 베일을 휘감 듯 신비로운 개울가로 길게 팔을 드리운 고목에 냉큼 올라 환호하며 멱을 감는 라오족의 소녀들 곱다 계수나무 울창한 숲의 오종종 나비 떼 원시의 숲에 품었던 한 웅큼의 경계를 내던지고 근심을 풀기도 한다 줄지어 걷는 송아지의 행렬을 먼발치에서 마냥 기다려주던 어미 소 길을 내는 바퀴들 질펀한 쏭강 용트림하던 물살과 찰박찰박 뱃전을 어르던 물소리 음습한 태고의 동굴을 사색이 된 채 돌아 나오니 거뭇한 물고기 발목을 깨물고 달아난다 태고적 동굴들은 아직도 목까지 잠겨있을 뿐이었다 해질녘 들짐승들의 의아한 눈빛과 으스름 새벽 갑각류들의 호젓한 나들이처럼 매사 바쁠 것 없는 이들의 표정은 의외로 빛나다
침향 가득 찬 정원에서 숨을 길게 들이 쉰다 문명인들의 온갖 작태를 한데 버무려 녹여내며 무게감 없이 스며드는 고요를 지켜보는 중이다

김영옥
1993년 《문예사조》 등단, 시집 『표정』 외 3권

피아노 계단 외 1편

김명옥

피아노 흰 건반을 지그시 밟는다
숨겨둔 비명소리가 새어 나와
단조로운 음계를 건너간다
목적지는 창공을 가르는 새의 노랫소리 근처
일정한 높이로 조율된
끝이 안 보이는 계단
다리가 아파 소리치고
고단한 일상에 걸려 넘어지고
숨이 차서 주저앉는
간절함으로 뒤돌아보다 그대가 보이면
악보는 신나서 즐거운 하모니를 그린다
점점 늘어나는 이야기를 즐기기 위해
음표가 리듬을 타고 들썩이고
예고 없는 음이탈로 파열음 속에 잠긴
피아노 계단이
나를 밟고 무심코 지나친다
오케스트라를 이끄는 맑은 선율을 찾아
건반과 건반 사이에 끼인 오늘이 눈을 반짝인다

곶자왈, 길을 내다

빨간색 기차를 타고 숲의 혈관으로 들어간다
무량겁을 헤엄쳐 나온 초록이 초록을 부른다
몸속으로 한없이 길어 올린다.
입에서 짙은 나무 냄새가 난다
호수를 가로지르는 다리를 건너가든
오솔길을 호젓이 걸어가든
결국은 합쳐진다는 표지판이 푸근하다

주제가 다른 네 개의 역으로 흘러간다
평탄한 길이 열리면 힘차게 달리는 거
아름다운 길을 만나면 애써 버티는 거
정거장마다 표정들이 서성인다
막 지나온 길이 가장 낭만이 무성한 곳은 아닌지
무지갯빛 낮은 집 고개 숙이고 들어가면
지나온 유년의 기억이 불쑥 뒷덜미를 잡는다

차창너머 나무로 만든 말이 진짜 말의 흉내를 낸다
다음 역의 배경은 무엇인지

길보다 먼저 마음이 길을 연다
저토록 풋풋한 시절 속으로 끌려간다
종착역으로 가기 전
전망대에서 오래도록 라벤더 향기를 품는다

김명옥
1995년 「국제신문」 신춘문예 시 당선.
시집 『프라이팬 길들이기』 외.

겨울등산登山 외 1편

한경동

길은 서두른다고 가까워지지 않는다.
뒤늦게 떨어진 낙엽이 먼저
겨울 가뭄을 못 견뎌 바스락거리는 오르막길
배고픈 짐승이 흘리고 간 도토리 몇 알
어쩌면 새봄에 움이 틀 것도 같아
스무하루 동안 알을 품는 암탉처럼
산은 겨우내 온몸으로 말없이 엎드린다
그래서 이 산정山頂에선 키를 낮춰야 한다
저 굽이치는 능선과 능선, 봉우리와 봉우리
끝없이 펼쳐진 화폭畵幅 위에 실금으로 남아
멀리 남해바다로 꼬리를 감춘다
더더욱 송곳 하나 꽂을 데 없는 내 사주팔자도
이곳에 서면 참으로 넉넉하고 후련하다
죽음이 적막강산이라면 삶은 허허벌판
오늘은 이 적막강산 허허발판에 눈이 내린다
눈 더 붉어진 산토끼 설원雪原으로 바삐 숨고
내 걸어 온 길 하얗게 지워지고 깊어진다
이제 무엇을 보태고 채울 것이며

얼마나 더 높은 곳으로 오를 것인가
아무도 뒤따라오지 않는 적막강산 속에서
눈발처럼 흩날리다 녹아버릴 것 같았는데
천지가 하얗게 지워지는 풍경 저편
허허벌판 마을마다 하나 둘 등불 켜지고
봄을 기다리는 겨울산은
반나절도 못 돼 무거워진 몸을 다시 엎드리며
어둑어둑해진 사내 하나 조심조심
미끄러운 내리막길에 내려놓는다

봄 – 간이역

여기서는 왠지
다 큰 남자들의 눈자위가 젖는다
더러는
간 큰 여자들의 실크머플러가
늙은 역부驛夫의 수기手旗 대신
제멋대로 펄럭인다
올해도
목련은 하얗게 피고 지는데
마음이 무거운 나는
그리움만 잔뜩 부려놓은 채
남도의 살진 배꼽 위로
덜컹거리며 지나간다

한경동
1995 월간 《시문학》 등단.
시집 『과일의 꿈』 외

당신이라는 은유 외 1편

김혜영

귓속에서 태어난 바람처럼

한 손으로 풍경을 만지고
한 손으로 손등을 만지며

두 개의 자전거 바퀴가 달린다
유월 햇살이 하얀 셔츠의 깃을 비추고
호숫가의 바람에 모자가 날아간다

당신의 입술을 만지는 기적은
곤충도감에서 사라진 나비가
담장에 핀 장미를 만나는 것인지도 몰라요

당신의 눈동자를 바라보는 일은
어쩌면 자전거 바퀴가
시간을 거슬러 달리는 여행인지도 몰라요

스타벅스와 여름의 먼지 사이

아이들의 풍선 사이
입가의 미소가 햇살에 반사될 때

선글라스를 쓴 호수가 되고
커피를 마시는 나무가 되고

한 몸에서 자라난 두 개의 사과처럼
자전거 바퀴가 햇빛 사이로 달린다

사바나 초원에서

햇살이 수직으로
내리꽂히는 사바나 초원

사자 한 마리가
어슬렁어슬렁 갈기를 휘날리며
산책을 하다가 시퍼런 눈알을 굴리다

쏜살처럼 돌진한다

무리에서 뒤처진 사슴의 척추를
앞발로 툭 친다 모가지를 콱 문다
사슴의 사지는 축 늘어지고

붉디붉은 핏방울이
뚝, 뚝,
풀잎의 머리카락을 적신다

사바나 초원에서 제물이 된 사슴처럼
미추천이라는 메일을 받고
해고라는 말을 들었다

사형수 목에 감긴 밧줄처럼
황홀한 주검이 불러오는 한낮의 여유

햇살이 초원을 쓰다듬던 손으로
사자의 두 눈을 잠재우고
신성한 식욕이 잠시 잦아드는 오후

김혜영
1997년 《현대시》 등단. 시집 『거울은 천 개의 귀를 연다』, 『프로이트를 읽는 오전』. 평론집 『메두사의 거울』, 『분열된 주체와 무의식』. 산문집 『아나키스트의 애인』. 제8회 애지문학상 수상.

상계봉 외 1편

김흥규

새벽녘
적삼 끈 풀린
안개의 푸른 속살

합장하고 선
노송 발치에서
암벽을 오르다 쓰러진
밤의 혼령들

깊은 계곡
참물 한 사발
비린 속내 씻어내면

갇혀 있던
묵언의 타래가 풀려
절로 길을 나선다

부끄러움 없는 서늘한
저 육신

피서지 가는 길

겨우내 꼬깃꼬깃 접고 자던 관광안내도
거실 형광등 아래로 불려나왔다
거제 섬들이 까발리고 숨겨둔 경치가 확대 된다
해금강 외도가 맨 먼저 찍혔다가
동백섬, 몽돌해변 파도에 밀려 났다
공곶이가 수선화 꽃다발을 흔들다 이내 시들고
바람의 언덕이 펄럭인다 싶더니
칠천도 크루즈선에서 또 요란스럽다

밤새 행선지 찾아다니며
소주 마시고 오징어 질기게 씹는 여행객들
이름표 달고 나온 피서지는 더욱 흐릿해지고
따라다니며 셈하는 계산기 머리만 아프게 쥐어 박힌다
새벽녘에사 끊어졌던 길 하나 겨우 이어졌는데
따라 갈 짐 꾸러미는 매지매지 묶인 채 잠에 빠졌다

태양은 벌써 중천인데
정작 여행객들 지쳐 쓰러지고

빈 소주병들만 곁에서 지키고 있다

김흥규
1998년 《해동문학》 신인상 등단, 시집 『날마다 바람이 되다』 외 3권
제9회 한국문학타임 대상 수상 외

메멘토 외 1편

채수옥

창이 없으니까 커튼이 없으니까 구경할 꽃밭이 없으니까 개미귀신이 없으니까 펄럭임이 없으니까 사울의 병사처럼 서있던 벽들이 없으니까 천장을 달리던 쥐들이 멈췄으니까 낙서들이 지워졌으니까 비밀 한 조각씩 나눠가졌으니까 함부로 엿듣던 귀들이 잘려 나갔으니까 미궁 속이었으니까

아직 그 자리에 있는,

호두나무가 생각났으니까 호두 알 속 구불거리는 골목이 생각났으니까 골목 끝 파란 대문이 생각났으니까 녹슨 문고리에 매달려 있던 간절함이 생각났으니까 새들을 털어내던 탱자나무가 생각났으니까 살금살금 달빛 위를 걷던 고양이가 생각났으니까 담장 밖 무화과 열매가 생각났으니까 창문을 열고 내다보던 아이가 생각났으니까

그 방에서 쪼그려 울던 아이가 너 맞지?
머리가 흰 바구니가 될 때까지 이러고 있는.

환절기

복도를 버려두고 아이들이 돌아갔다
창문에 붙어 있던 나비의,

어깨가 들썩거렸다. 기침을 열고 동백이 튀어나왔다
방울토마토 같은 눈알들이 내 옆에 쌓인다

문자가 왔다

우리는 당분간 격리될 것이다.

서둘러 핀 계단과 얼어 있는 목소리 사이에서
우리는 우리를 지연 시킨다

아이들은 지하 노래방으로 내려가고
나는 뜨거워진 이마를 방치 한다

외우지 못한 이름들은 동백을 따라가고
꽃밭은 좀처럼 바뀌지 않는다

조금씩 목구멍이 헐린다

울타리를 드나들던 고양이 뱃속에
달이 차오르면

리본에 묶인 아이들을 싣고
버스가 오고,
가고.

채수옥
2002년 《실천문학》 등단.
시집 『비대칭의 오후』

홍옥

고명자

요까짓 것
껍질 벗길 생각 말고
벗긴 껍질로 동네 한 바퀴 돌릴 생각 말고
엎어버린 딸의 책상 치워줄 궁리 말고
찔끔 찔끔 눈물 나도록 누가 갈겨 줬으면 애태우지 말고

눈 번쩍 뜬 심학규씨처럼 입에 침이 돌았다
주제 모르는 아비
얼마나 갑갑했으면 딸을 팔아먹었을까
겨를 없이
덥석

실업 급여도 받아 온 적 없는데
다시 실업자 되고
딸아, 오천 원 어치의 사과 받아라
까르르 까르르 이제 그만 목젖을 열어다오

새치름해지는 눈

쏟아지는 붉은 탄성
흠흠, 츱츱 군침을 삼켰다가
눈 번쩍 뜬 심학규씨는 딸의 첫 얼굴을 보고 미안했을까

덥석, 깨물었는데
오줌보가 터질 것 같아 손사래 친다
책상 밑으로 굴러가다 그렇게 멈춰있는 가을 냄새

고명자
2005년 《시와 정신》 등단. 시집 『술병들의 묘지』 『그 밖은 참, 심심한 봄날이라』
2018년 백신애 창작 기금 수혜.
《시와 정신》 편집차장.

돼지가 한 마리도 죽지 않던 날 외 1편

이효림

엘리베이터는
아파트를
누르고
뚜껑을 닫았다
여러 개의 눈이 들어와
비좁았다 걸리적거리는
두 팔을 공중에
매달 수 있다면
분해를 계속하는
유리관을 처음 대하는
유리거울은 미래라고 쓰고
점 하나 탕
주머니에 동전이 밑천일 때
버스를 지나
왜 하필
사거리를 서성이는 마녀를 보았을까
행운에
불붙이며 단별의

기적을 게워낼까

파스를 붙인 기억

의 기괴한

액자가 태어나

레게식 아이

머리가 열두 개 달린

현대식 남쪽을 길러

불안과 사각의 대화는

평안한 지요

엘리베이터는 마음이 흘러넘치기에

좋아

무지개를 해부하기

좋아

무수히 쪼개진

바닥

자발적 법칙

자발적 유행

탁자 의자 오리발

저녁 속에

자발적으로 빠진 돼지족발

토요일

커다란 토요일이 왔다 꽃을 들고 왔다 창가에 둘께요 손가락 사이에 얹어 사용해요 김 씨는 깨어나고 이 씨는 계속 자고 있었다 풀 타는 냄새와 가스 타는 냄새가 아침을 고들고들 튀기고 있었다 계속 토요일이 들어왔다 이 방향으로 밀고 들어오는 토요일 때문에 시장이 번창하고 과일이 매끄럽게 붉어졌다 끝없이 밀려들어오는 토요일 때문에 반성을 할 수가 없었다 뿌연 창문에 걸린 토요일을 닦다가 찔끔거리는 오른손을 버려야 했다 쓰레기통은 넘쳤고 토요일은 와자지껄 계속 우거져 쌓였다 쌓이는 토요일은 곱슬거리는 머리를 부수고 생각을 부수어 뭘 하지 사방으로 짖어대는 토요일 때문에 골목은 살 수가 없었다 토요일은 다이아몬드처럼 우리의 사회에 박혀 들기로 굳게 작정한 거 같았다 아파트 연립주택 뒷골목 계속 밀려드는 토요일 뼈가 긴 토요일 때문에 아이들이 울 수가 없었다 미끄러운 토요일 계속 쌓여가는 토요일 때문에 예술은 길어지지 않았다 토요일은 조각조각 흩어져야 하는데

이효림
경남 밀양 출생. 2007년 《시와 반시》 등단. 시집 『명랑한 소풍』
2018 아르코창작기금 수혜.

길 3 외 1편

– 흔적

안민

나는 나무나 풀꽃이 아닙니다. 강물도 아닙니다. 그저 길이라고 불립니다. 하지만 때론 강물 넘쳐 흘러들거나 산과 나무의 쓸쓸한 영혼이 스며들기도 합니다. 그럴 때면 내가 길 아닌 어떤 흔적이라고 생각되기도 합니다.

누군가의 발목이 내 몸 아득한 오지에서 흔들리면 늦은 가을입니다. 그러면 내 안의 어떤 얼룩이 선명해집니다.

오래전 우기雨期의 가을, 그날 소년은 우산도 없이 내 안에서 흘러가다 학교 교정 플라타너스 쪽에 닿았습니다. 늦은 오후, 소년은 다시 내 위에 얹혔는데 뺨에 손바닥이 붉게 판각*되어 있었습니다. 그러고는 한적한 곳 어디쯤에서 동그마니 접힌 채 동시 적힌 노트를 찢어 종이배를 접는 것이었습니다.

이젠 어디도 소년은 없고 힘없이 낡은 그림자만 보입니다. 밤이면 내 몸 위를 자주 비틀대는

*열한 살 아이가 동시 숙제를 검열받기 위해 교탁 난간에 걸려 있다. 가자미눈으로 변이된 여교사의 눈, 엄마가 해줬다며 거칠게 몰아붙이는 붉은 입술, 이윽고 울고 있는 아이가 복도로 질질 끌려간다. 뺨에 손바닥이 판각된 채 추락하는 아이, 창가의 빗물도 하얗게 질려 흩날리고… 다음 날 아침, 아이는 얼굴에 판각된 선생의 손바닥을 쥐가 갉아놓은 비누로 씻어낸다. 밤일 다니는 엄마는 죽어가는 짐승처럼 쓰러져있고

길 4

– 심장 가장 가까운 곳에 판각된

새벽녘 창백한 푸른빛 흘렀다. 그 속에 사춘기가 놓여 있었다. 빗새가 추락하였던가. 하얀 울음 바닥에 닿기도 전에 흩어져 날렸다. 미안해, 나는 이미 불온한 바람이고 언덕은 지워지고 있어. 울음소리는 언제나 묵음이어야만 했다. 어제의 통증은 희미한 체온에서부터였고 내일의 통증은 시들어갈 풀꽃으로 피어났을 것이다. 눈이 젖은 아이는 금빛 물들어 가는 정원에서 언어를 버렸지. 무화과나무 후면을 서성이던 표정은 잘 떠오르지 않았다. 한쪽 어깨가 기울고 있었던가. 어느 구간에서 잃어버렸을까. 창문 속 아름다운 소녀. 고해할 수 없는 마음이 지나온 반대편으로 흘러가고 있었다. 버려진 악보처럼 늑골 틈으로 단풍잎 수북하게 쌓였고

안 민

2010년 〈불교신문〉 신춘문예 당선.

시집 『게헨나』 2018년 아르코문학창작기금 수혜

혼밥 외 1편

명은애

동네 편의점
서있는 사람들은 서로를 모르고
배고픈 햇살이 등에서 흘러내린다

밥벌이를 놓친 가난한 손이
진열대 위에서 고를 수 있는 건 몇 안 된다

일회용 플라스틱 용기가 뒹구는 테이블에선
덜 퍼진 컵라면 가닥에
질긴 허기가 악착같이 매달려 있다

시간에 쫓긴 일용직 작업복은
연신 시계를 보고

홀로 먹는 밥 앞에
공손하게 엎드린 젓가락

하품하는 알바 앞에서
삼각 김밥 한 개 계산을 기다린다

골목길

영도 봉래동
아무도 내다보지 않는 길에 들어서면
낮과 밤이 바뀌어도 마르지 않는 시간이
빨랫줄에 널려 있다
골목에 찍힌 발자국들은
연고 없는 수증기가 된 지 오래
청춘은 부재중이고
미끄러져 굽어진 등의 낡은 그림자만
계단에 엉덩이를 붙이고 앉았다
구르는 낙엽과 비행하는 먼지가 모인 막다른 골목길에
성급한 어스름이 서성이고
금 간 굴뚝에 배어있는 군내가
골목길을 타고 내려설 때
귓속으로 버스가 지나간다

명은애
2012년 《청옥문학》 시 등단,
한국문협, 부산문협, 새부산시인협회. 불교문협, 사하문협 회원.

긴 가로등의 소네트 외 1편

감정말

아무도 읽지 않은
저녁의 온기 속으로
도달하지 않은 시간들이 쌓인다

새는 부리의 변명을
나무 가지에 주워 올리고
벌거벗은 터널은
별들의 발가락사이로 스러진다

지난 날 떠나간 사람
마음의 부스러기를 만지며
한없이 웅크린 적이 있었다
보헤미안과 죽은 시인의 경계에서
목을 꺾은 어둠이
샤갈의 마을에 허물어진다

닭 울기 전 배반한 베드로
그의 구부정한 수염과

이해되지 않은 동공이
변명의 무게를 밀쳐낸다

등피를 어루만지며
배회하는 밤이
강물을 매단 채 떠내려간다
소리없이 소용돌이치는
실루엣은 황홀하다

가을 통로

어둠에 장식된 도시가
안드로메다 운하에 빠져든다
소돔을 뒤로하고
뜨겁게 오열하는 순례자의 길을 떠난다

밤 새 씻기어진 길이
벌거벗은 몸으로 강 쪽을 향해
머리를 가다듬을 때
나목에 기대어 깊은 상념에
젖은 한 사람이 스친다
그는 긴 손가락을 더듬어
무거운 건반을 두드린다
배회하는 선율이
밤하늘의 낯선 침묵을 삼킨다

커튼 사이로 새어드는
빛의 망막에서 허우적대는 도시
움츠린 사내의 어깨 위로

해일이 들썩 거린다
난파선의 시그널이 건널목
불빛에 표류하다 뛰어 내린다

우울한 음모에
쇠사슬을 채우는 계절
이유가 없다는 것이
가장 큰 이유인
가을은 또 어떠한 구도로 나를
접목 시키려드는지
황폐한 잎들이 수런거린다

감정말
2014년 《부산시단》 등단.

폐문廢門 외 1편

임혜라

나는 나의 모든 구멍을 틀어막는다 내 입속에 은둔하던 슬픈 응원가를 폐기한다 귓가에 살던 당신의 입술과 아침마다 병사처럼 일어나던 나의 굳센 눈동자를 그만 닫는다 세상으로 나가는 내 모든 출구를, 당신이 들어서던 모든 입구를 폐쇄한다 내 생을 출발시킨 봄날은 더럽고 여름날 공중은 녹슨 철판처럼 삭아버렸으니 내 이야기에 녹물이 흐르는 것은 당연한 것, 입가에 부질없이 떠돌던 유쾌하거나 불량스럽거나 살얼음 같은 대화들을 창가에 버리기로 한다 당신을 향해 열려 있던 나의 모든 문을 내 손으로 걸어 잠그는 시간, 나는 우산을 펼쳐 내 하늘마저 닫는다 녹슨 인연의 끈들이 우산 위에 뚝뚝 끊어져 떨어진다

목련의 눈

11월이 되면
눈시울이 생기는 나무가 있다

비 맞은 잎사귀들이 젖은 문자를 받고 있다
늦게 맺힌 눈이 그것을 읽고 있다

11월이 되면
11월은 저 혼자 걷기 시작한다

늙어버린 모든 잎을 나무 바깥에 내어놓고
나무도 이제 나무를 떠날 채비를 한다

혼자가 되기 위해
혼자였던 혼자를 다 싸서 옮기고 있다

여자는 저 꽃잎의 눈시울을
열어 본 적이 있다

꽃 속에서

나무는 날마다 떠나고 있었다

임혜라

2015년 《시와사상》 등단.
시집 『초경의 바다』

불량인간

김 봄

내가
매일 밤
찾아가는 곳이 있다

도로를 덮고 있는 개와 눈이 마주쳤다 순간 개를 병원으로 데려갈까 생각했다 동물은 의료보험 혜택이 없다 새로 뽑은 차 시트에 피가 묻을 것이다 퇴원 후 좁은 집에서 달리 갈 곳도, 애정을 표현할 곳도 없는 개가 나만 바라보고 기다릴 것이다 저 짓이겨진 동물과의 동거가 걱정되었다 차를 돌릴까 말까 열심히 계산하다 깨어보니 꿈이었다 꿈이어서 더 눈물이 났다 나는 구하지 못한 개를 잊지 못해 밤마다 찾아갔다 여기 같은데 아니고 저기 같아 가보면 아니었다 개는 어디에도 없었다 개는 없고 울음소리만 있었다 울음소리가 나는 쪽으로 돌아보면 나뭇가지가 휘어진 바람을 잡아 흔들고 있었다 눈 내리는 날 눈 속에서 상처를 핥는 소리가 들려왔다 비 오는 날에는 비에 젖은 검은 눈동자가 허공에서 흘러내렸다 꿈마다 찾아갔지만 끝까지 구하지 못했다

잠 못 드는 나는 생시에도 개를 찾아갔다 개는 그 자리에 있었다

무너진 몸으로 나를 보고 꼬리를 흔들며 웃었다 나는 차에서 날렵하게 뛰어내렸다 무릎 꿇어 개와 애틋하게 눈을 맞추었다 미안하다고 말했다 도로에 달라붙은 살점을 맨손으로 수습했다 잘 떨어지지 않았다 할 수 없이 개의 옆구리만 데려왔다 다음날은 왼쪽 귀를 데려왔다 다음날은 두개골을 데려왔다 달라붙어 잘 떨어지지 않는 개의 몸을 매일매일 조금씩 데려왔다 부분부분 잘 조립해서 개 한 마리를 만들어 나갔다 나만의 애완견이 되어가고 있었다 똑같은 일을 반복하던 어느날 개가 쫄래쫄래 따라왔다 어디를 가도 만질 수 없는 개가 찾아왔다 나를 붙들고 놓아주지 않았다 나의 유일한 애완견이 되어가고 있었다 짓이겨진 심장은 어디에서도 찾을 수 없었다 나는 죄책감을 느끼지 않았다

김 봄

2016년 계간 《사이펀》 겨울호 등단.

순간 외 1편

송만영

7번 국도
오토바이가 달린다

해장국에 소주를 마신 영철이가
번개와 경주하듯
바람을 가른다

멀리 보이는 산자락은
소복을 입은 듯 아른거리고

콧노래로 달리는
직선의 길

깜박하는 순간이 오자
길은 영철이를 길 밖으로 밀어냈다

다그치듯
누군가의 목소리가 들렸다

"정신이 드세요 이름이 뭐예요?"

골목길

대신동 산복도로 골목길에는
아침이면 채 식지 않아
하얀 김이 나는 연탄재가
밤새 언 길을 녹여주었다

따뜻한 해가 북서풍을 잠재우고
담벼락을 데워줄 즈음
모퉁이 구멍가게 앞 공터는
아이들 놀이터가 되었다

훌쩍거리는 콧물을 닦은 손들이 모여
딱지를 뒤집고
구슬을 맞추는 놀이를 하느라
해가 지는 줄도 몰랐던 시절

문만 열면 손이 닿을 듯 마주보고 있어
한 집 같았던 이웃들이
재개발에 떠밀려 난 한적한 골목길엔

누군가 흘리고 간
푸른 구슬 하나가 눈동자처럼 굴러다닌다

송만영
2018년 《부산시단》 등단,
부산약사문학, 새부산시인협회 회원

기해년을 여는 길벗의 시인들 Ⅱ

시 조

박 달 수　　　우 아 지

동 시

박 지 현　　최 준 규　　남 은 우　　김 자 미

지극한 효행의 성지
-거창군 가섭사지 마애삼존불

박달수

천하를 다 누려도
늘 솟는 불길 하나

못다한 효 한으로 남아
법등 밝혀 기원한 곳

삼존불
망각의 터널에서
거룩한 뜻 빛났다.

반석 위 지은 가람伽藍도
예외 없는 인과기에

세월 무게 못 이겨서
빈터로 본래 자리

짝 잃은
통바위 멧돌도
부질없이 묻혔네.

*가섭암지迦葉庵址 마애삼존불상은 고려 예종 6년 왕이 어머님의 왕생극락을 기원해 석굴 암벽에 조성함.
경남 거창군 위천면 상천리 소재

박달수 《시조문학》 등단. 저서 『수레』, 『바람에 화두를 놓고』

세 명의 남자*

우아지

미동도 하지 않는 사로잡힌 한뜻이다
짙은 색 말 한 마디 심장에 간직한 채
또 누가 목숨을 걸고 사랑 저리 찾을까

포르르 주전자물 끓어대는 벽난로 옆
수척한 낯빛으로 알을 낳는 야무진 손
함부로 부화 않는다, 황금알은 신성하다

길고 가는 메타세쿼이아 풍광이 그리웠나
사람은 남겨놓고 모든 걸 다 벗겼다
예술은 죽지 않는다, 시간만 굴러갈 뿐

*알베르토 자코메티의 청동 조각 이름

우아지
1993년 《현대시조》 등단. 시조집 『손님별』 외 4권. 현대시조100인선 『점바치 골목』.
제2회 부산시조작품상, 제25회 부산문학상대상 수상. 월간 《문학도시》 편집장.

동시

새싹 외 1편

박지현

누가 시키지도 않았습니다.
누가 가르쳐 주지도 않았습니다.
그냥 내 스스로가 흙을 뚫고 올라갑니다.

드디어 온 세상으로 나왔습니다.
그 매서운 칼바람 흔적도 없이 사라졌습니다.
하늘도 파랗게 맑습니다.
따스합니다. 고요합니다.
아지랑이도 언제 일어났는지
고분고분 자유로이 놀고 있습니다.

그런데
아직은 봄인가도 몰랐는데
내가 세상으로 난 때부터

온 산천은
봄으로
봄으로 이어가고 있습니다.

달팽이 여행

우리들 보기엔
기껏해야 그곳에서 그곳까지

그러나 그들의 생각은
우리들과 달라요.

두 뿔을 곧추 세우고
초록 잎 아침이슬을 타고

쉼 없이 오직 한길로만
별빛 내리는 밤이슬을 타고
지구 한 바퀴 돌아
이곳까지 왔노라고.

박지현
1974년 《부산아동문학》 2집 추천으로 등단.
1980년 한국현대아동문학인협회 연간집 추천.
동시집 『내 짝지 순이』 외 5권, 최치원 문학상 대상 수상 외.

배추흰나비 하늘길을 날다

최준규

초록 누에 애벌레 같은 색 분필이
초록 배추잎 위에 남사당 외줄타기 한다.

흰 돛배에 검은 동그라미 두서너 개 달고
황홀한 날개를 펴 배추흰나비가 된다.

잔잔한 파도가 너울거릴 때
산 속 절에서 보다 더 고운 춤사위로
하늘길 위에
하늘하늘 춤을 춘다.

최준규
1997년 《오늘의 문학》 《교육평론》 등단
한국문인협회, 부산문인협회 회원

멧돼지 거울 본 날 외 1편

남은우

감자 캐 먹으려고

퍽퍽퍽

밭고랑 파헤치던 멧돼지 아가씨

옴마야!

뒤로 벌렁 나자빠졌대.

자기 모습 쏙 빼닮은 돼지감자 떼

언니 안녕?

누나 안녕?

헤이, 아가씨!

죄다 아는 체 했거든.

삼각 김밥

까만 산을 여니

하얀 히말라야가 나옵니다.

꾹,

베어 문 히말라야

매콤합니다.

남은우
2004년 경남신문 신춘문예 시 당선. 월간 《어린이와 문학》 동시 천료.
동시집 『화성에 놀러 와』 외 2권
제11회 푸른문학상 수상.

사는 공부 외 1편

김자미

이 할미 꿈은
공부하는 거였는데
학교 문 앞에도
못 가본 게 한인기라

할머니, 내 꿈은
공부 안 하고 만날 노는 거예요
학교 한 번 안 다니고도
잘 살고 있는 할머니처럼

예끼
내가 맨날 놀기만 해
이 만큼 사는 줄 아나
사는 공부를 죽기 살기로 했다 아이가

새 싹

문화해설사가 되겠다며
박물관에 공부하러 다녔다가
바리스타가 되겠다며
문화센터를 다녔다가
오늘은 화가가 되겠다며
미술도구를 잔뜩 사 온 할머니

할머니는 새싹이다
꿈이 무럭무럭 자란다

김자미

2007년 부산아동문학신인상, 2013년 부산일보신춘문예 당선.
동시집 『달복이는 힘이 세다』, 『여우들의 세계』가 있고, 부산아동문학상 수상

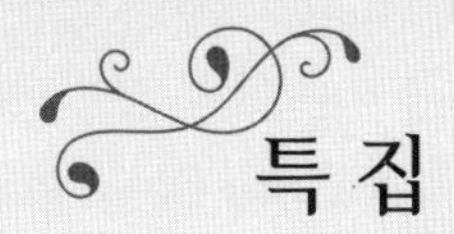

특집

외곬의 길을 걸어간 부산문학의 두 거장

소설가 김정한

시인 조 향

조갑상

신 진

부산에 거주하면서 한국 사실주의 소설의
새 지평을 연 소설가 요산 김정한(1908~1996)과
한국 초현실주의 시를 본격화한 시인 조향 조섭(1917~1984)을 재조명한다.
조향은 동아대에 재직하면서 부산대, 수산대(현 부경대)에서도 문학강의를
하였고, 김정한은 부산대에 재직하면서 동아대 국문학과에 병행 출강하였다.
지역 문학의 양 기둥이 되었음은 물론 한국문학사에 큰 자취를 남긴 두 거장의
삶과 문학을 조갑상, 신진 두 교수와 함께 따라가 본다.

요산 김정한이 걸어간 길

조갑상

소설가 요산 김정한은 1908년 음력 9월 26일에 태어났다. 출생지는 현재의 부산광역시 금정구 남산동 663-2이며 6남 1녀, 7남매의 맏이이다. 출생 당시 남산동은 경남 동래군 북면에 속했으며 이후 부산시 동래구에 속하다 1988년에 행정구역 변경으로 금정구에 속하게 되었다. 그의 고향은 부산의 진산인 금정산을 뒤로하고 있으며 특히 천년사찰 범어사(梵語寺)와 인접해 있다.[1)]

그가 태어난 해는 국치 2년 전으로 의병항쟁이 절정에 달함과 동시에 식민지수탈을 위한 동양척식주식회사가 설립되고, 애국계몽문학으로서의 역사-전기가 격감하면서 신소설『금수회의록』과『빈상설』이 출간된, 대한제국의 황혼기였다. 그의 집은 부농에 속했다.「자전소전」에 의하면 통정대부를 지낸 "조부는 한국시대에 엽총을 메고 다니시던 습관이 남아서 평생 집에 안 계셨고, 엄친 역시 방랑생활을 하셨으므로"로 묘사되어 있다.

부친은 특별히 신학문을 배우지는 않았으나 개화에 일찍 눈을 뜬 것으로 보인다. 뒷날 요산이 다니게 되는 명정학교 설립에 기여를 하였을 뿐 아니라 유석교(維石橋)라는 다리를 놓는데 앞장서 마을에 자동차가 들어오게 했다.

1) 이 글은 필자가 발표했던 요산에 관한 원고를 부분 수정했다.

서당공부를 마치고 범어사에서 운영하는 사립 明正학교에 들어간 해가 공교롭게도 1919년이다. 범어사와 명정학교는 두 사람의 불교 인물이 관련되는데 한용운과 김법린이 그들이다. 만해는 1910년 일본이 조선불교를 장악하는 것에 반대하여 송광사와 범어사를 오가며 승려들의 반대궐기대회를 주도하면서 조선임제종 종무원을 범어사에 설치했다. 명정학교에서 부인과 같이 잠시 교편을 잡았던 김법린은 1945년 해방 후 문교부장관을 했다.

명정학교를 마친 요산은 1923년 서울의 중앙고등보통학교에 진학했다. 서울행은 어른들의 동의를 충분히 받지 않은 상태에서 이루어졌다. 동급생과 일을 먼저 저질러 놓고 뒤에 억지 허락을 받았지만, 서울과 인연이 없었던지 이듬해 9월 동래고등보통학교로 옮겼다. 중앙고보 재학 시기는 일년 육개월 정도였다.

1924년 9월에 동래고보로 옮긴 요산은 그 학교의 5회 졸업생이 된다. 동래고보 재학 중 본격적으로 문학에 눈을 떴는데, 요산은 그 계기를 특별한 게 아니라 민족적 울분을 발앙하는 것으로 설명하고 있다. 그에게 문학은 아이가 태어나면서 울음을 우는 것과 같이 본래적인 것이었다.

1927년 요산은 왕고모의 중매로 결혼을 한다. 배우자 조분금(趙分今)은 요산과 같은 해인 1908년 양산군 하서면 화제리에서 태어났다. 처가인 화제리는 그 뒤 그의 소설의 무대가 되기도 한다. 대표작 「수라도」(1969)의 오봉선생은 바로 이 동리 뒤편의 오봉산에서 붙여진 이름이며 가야부인은 김해 명호(명지)에서 시집온 처조모를 모델로 한 것이다. 양산지역은 또한 외가와 왕고모댁이 있고 그 자신 양산농민조합사건과 관계되는 곳으로 자연스럽게 요산 소설의 주 무대가 되는 여러 조건을 마련하고 있었다.

동래고보 졸업 후 그는 교사자격시험에 합격하여 1928년 9월 울산 대현공립보통학교의 교사가 되어 첫 사회생활을 시작한다. 보통학교는 오늘날 초등학교에 해당하며 초기에는 4년제와 6년제가 있었다. 결혼을 했지만 혼자 부임한 그는 11월경 경찰에 피검된다. 조선인교사에 대한 차별문제 등을 해소하기 위해 교원연맹조직에 관한 이야기를 친구에게 편지로 썼다가 검열에 발각된 것이다. 동래경찰서로 이첩되어 고문과 조사를 받다 풀려나지만 학교를 그만둘 수 밖에 없었다. 이 당시에 겪은 일은 몇몇 수필이나 소설「어둠 속에서」(1970)에 나타나 있다.

보통학교 교사를 그만둠으로써 요산은 또 다른 운명의 길을 가게 된다. 일본 유학이 이로 인해 이루어졌기 때문이다. 1929년 2월 그는 도쿄로 건너간다. 스무 두 살이었다. 와세다대학 예과 시험에 낙방하고 동경제일 외국어학원에 일 년간 적을 두었다가 30년 4월 그는 와세다대학 제1고등학원 문과에 입학한다. 당시는 4년제 본 대학의 전공 학과에 입학하기 위해 부속 고등학교에서 공부하는 게 관례였다. 와세다는 자유주의 학풍이 강한 사학으로 반골기질의 우리 유학생들이 많아 요산 자신에게도 기질적으로 잘 맞는 학교였다. 더구나 당시 와세다대학 교수진은 일본 사회주의 지성계의 중심이었다.

유학시절 요산의 행적은 부산일보 이상헌기자에 의해 일부 밝혀졌다. 이상헌의 글 중 요산의 마지막 하숙집을 찾는 장면이다.

"일본 와세다대학 정문에서 소다이(早大) 길을 따라 우측 4번째 골목으로 들어가면 쓰루마키미나미(鶴巻南)공원을 만난다. 오무라 마쓰오(大村益夫) 와세다대학 명예교수가 공원 앞 아담한 3층 건물 앞에서 발길을 멈췄다.

"쓰루마키거리(鶴巻町) 509번지 바로 여기에요. 요산 선생이 마지막으로 하숙을 했던 곳이에요. 그때는 여기 일대가 죄다 하숙촌이었어요."

그가 건네 준 학적부에는 자주 하숙을 옮겼던 요산의 이력이 나와 있다. 모두 여섯 번이다.[2)]

입학 후 그는 독서회에 가입하여 문학서적 보다 사회과학 쪽 책을 많이 읽었다. 메이데이 시위 같은데 열심히 따라다녔으며 맑스주의와의 만남도 이때 이루어졌다. 당시 친구는 뒷날 시인이 된 이찬, 연극인 안막, 문학평론가이자 시인 육사의 동생인 이원조 등이었다.

---

2) 부산일보 이상헌 기자가 2008년 요산탄생 100주년 기념으로 신문에 연재한 〈새로 쓰는 요산 김정한〉(부산일보 2008년 11월 1일)에서 빌렸다.

요산은 1931년 11월 동경에서 결성된 '동지사(同志社)' 발기인으로 편집부 임원으로 기록되어 있다. 맑스주의 예술이론에 입각한 재일 한인의 새로운 예술 연구단체인 '동지사'는 32년 2월 일본프롤레타리아문화연맹 (KOPF)에 흡수되었다. 그러나 요산은 KOPF는 물론 작품활동 이후에도 조선의 프로문학 단체인 KAPF에는 가담하지 않았다. 연구자들은 요산의 세계관이 이 무렵에 형성되었을 거라는 데 대체적으로 동의하고 있다.

요산은 소설에 앞서 시를 먼저 썼다. 『조선일보』와 『동아일보』 학예란에 시와 시조가 실렸는데 이때 필명은 추색(秋色)과 목원(牧原)등을 사용했다. 당시 『대조』에 발표된 시조 「조선학」1연을 옮겨보면 "뉘들이 저리했노 왜 저리 갇히었노/ 조선학 된탓이냐 그러해도 애닯은 건/ 머리에 깊은 상처를 이 맘 아파하노라" 와 같이 식민지현실에 대한 절망감을 표출하고 있다.

한편 요산은 해방 후 『인민해방보』에 「해방의 기쁨」 등의 시조를 발표한 바 있다. 시를 먼저 쓰고 소설을 쓴 경우가 초기 작가들의 습작과 문학 활동현상이었다는 점에서 요산도 예외는 아니었다. 그러나 요산은 시가 자연발생적인 감정을 표현함에 지나지 못한다는 생각과 더불어 기질에도 맞지 않는다는 점을 일찍 간파한 것 같다.

소설은 일본유학시절부터 썼다. 「구제사업」이란 소설이 잡지 『신계단』에 제목만 목차에 나온 것은 32년 11월이다. 요산은 이 작품을 김동인의「감자」에 대한 불만으로 썼다고 밝힌 바 있다. 김동인이 당시의 궁핍한 현실을 식민지 지배에서 오는 민족 모순으로 파악하지 못하고 복녀라는 한 개인의 도덕적 타락으로 초점을 맞춘 데 대한 불만이었다. 「구제사업」은 당시 사방공사나 상수도공사 등의 구제사업을 명목으로 영세민을 동원하여 노력 착취하는 것을 고발한 것이라고 회상한 바 있다.

최초로 활자화된 요산의 소설은 『문학건설』에 발표된 「그물」(1932)이다. 지주와 지주 대리인이며 관리자인 마름에 대한 소작인의 저항을 다룬 짧은 이야기로 양산농민조합 사건 직후에 썼다. 요산 개인에게 양민조합사건은 매우 가슴 아픈 일이다.

1932년 여름 방학, 고향에 돌아와 동래출신 유학생들과 양산농민봉기사건의 피해조사와 농사조합 재건 등을 위해 개입하다 김인호, 김세룡 등과 피검된 것이다. 피검의 결과는 학업중단이었다(와세다대학 학적부에는 9월 26일자로 학비미납으로 제적이라 기재되어있다). 요산은 이를 두고 "내 일생의 운명을 결정지은 중대한 원인"이라고 회상하기도 했다. 부모의 기대에 대한 면목없음과 이웃의 몰이해, 학업중단에 대한 고민 등으로 그는 술을 배웠다고 적을 만큼 심적 갈등이 컸다.

1933년 10월에 그는 남해공립보통학교의 교사로 취임한다. 요산은 본격적으로 문학에 대한 뜻을 세운 건 이 무렵이라고 술회하고 있다. 그리고 그 결심을 항일일선에 나서지 못할 바에는 글로서나 현실을 고발해 보겠다는 생각이라고 말하기도 했다. 그는 우선 우리말을 조사하면서 정확한 표현을 위해 노력했다. 또한 들과 산으로 다니면서 풀과 꽃들을 손수 그리고 이름과 특성을 기록하기도 했다. 이때 요산이 노트에 기록하고 그린 우리말 사전과 식물도감은 남산동 요산문학관에 보관되어 있다.

그러는 동안 그는 남해에서 「사하촌」(1936)을 썼다. 범어사라는 큰 절 아래 동네에서 자란 그에게 사찰지주와 그들에게 논을 빌려 농사를 짓는 사하촌 소작인들의 여러 복잡한 관계는 익숙한 이야기였을 뿐더러 당대 농촌사회의 구조적 모순이 집약된 소재이기도 했다. 이 작품은 우리 문학사에서 1930년대 농민소설, 카프소설의 후기에 속한다.

39년 5월 요산은 남해군 남면(南面)에 소재한 남명학교로 전근을 간다. 불화를 빚던 학부형들과 일본인교장 사이를 중개하기 위해서였다. 이때의 체험은 교사로서의 능력과 관계없이 민족적 차별을 당하는 조선인 교사이야기를 다룬 「낙일홍」(1940)의 소재가 되었다.

1940년 봄 부산역 앞 통술집에서 『동아일보』 동래지국을 하는 동래고보 선배에게서 경찰의 방해로 신문 돌리기가 어렵다는 말을 듣고는 "그렇게 겁이 나거든 그만 두시오. 내가 돌릴테니" 라는 큰소리를 친 게 빚이 되어 그는 교사직을 그만둔다. 물론 우리말을 가르치지 못하고 조상에게 물려받은 성씨까지 바꾸어야 하는 욱죄어오는 식민지체제교육에 대한 염증이 원인이었을 것이다. 그리고 다른 한편으로는 언론을 통해 꺼져가는 민족정신을 일깨우려는 의지와 더불어 자신이 한 말에 책임을 진다는 그의 성격을 알 수 있게 하는 이야기이다.

살림살이 짐은 배편으로 보내고 가족은 진주를 들러 부산으로 온다. 만 7년간의 남해생활이 끝난 것이다. 식구는 모두 여섯으로 불어 있었다. 남해시절은 활발한 작품 활동으로나 가정적으로나 요산 개인에게는 행복한 시기에 속한다.

후배에게 계약금을 빌리고 그의 이름 박성욱(朴性旭)으로 지국을 열었지만 밤 사이에 지국 간판이 떼어져나가고 배달 중 신문을 빼앗기는 어려움이 뒤따랐다. 거기다 구독료 독려를 위해 가진 동래군 기장(機長) 모임이 치안유지법에 저촉되어 동래경찰서에 체포되고『동아』『조선』폐간 소식을 유치장에서 듣게 된다. 이때의 체험은「위치」(1975)에 녹아있다.

그동안 그는 동래군 농민조합 일에 적극 가담하면서 고향인 북면에다 지부를 만들기도 했다. 이 기간 그는 처가살이를 하였는데 처가는 1928년경 동래 복천동으로 옮겨왔었다. 육촌동생 김용한(金容漢)이 지부책임자로 일하다 해방 뒤 좌익으로 몰려 사망한 일은 요산에게 큰 아픔으로 남게 된다. 김용한은 1910년 생으로 해방 후에도 농민운동에 관계하다 47년 범어사 원효암에 은신 중 체포 타살되었다.

1940년 11월 요산은 취직을 한다. 도청 직원으로 있던 고향선배의 도움으로 경상남도 면포조합의 서기 자리를 얻은 것이다. 면포조합은 도청 상공과의 귀퉁이를 사무실로 빌린 민간물자통제 단체였다. 요산은 전시 치하의 일제말기에 시대형편을 거스르지 못하고 호적에 금곡정한(金谷廷漢)으로 등재하고, 지원병 이야기를 다룬 희곡「인간지(隣家誌)」(1943)를 발표하기도 했다.

요산은 짧은 처가살이를 마치고 부친의 도움으로 도청이 가까운 부산교도소

뒤편 냇가에 집을 마련했다. 서구 동대신동 3가 210번지가 그곳이고 이른바 대신동시대가 이렇게 열린 것이다. 그 집은 터가 세다고 소문이 나 값이 다소 간 쌌다. 요산은 고집을 부렸고 부친도 미신을 믿지 않는 편이라 그 집이 결정되었다. 1976년 서구 동대신동 2가 313번지 삼익아파트로 옮기기까지 요산은 그 집에서 30여 년을 살게 된다. 1945년 5월 부친상을 당하면서 8.15 광복을 맞이한다.

그러나 해방을 그는 숨어서 맞이해야 했다. 『동아일보』 부산지사 일을 보던 강대홍(姜大洪)으로부터 일경이 '불령선인'으로 지목된 사람들에 대한 예비검거나 위해가 있을 수 있다는 정보를 전해 듣고 구포에 있는 고아원으로 피신을 한 것이다. 요산이 훗날 '의협심이 강하고 항일기개가 남달랐으며, 투사형이면서도 리더십이 있었던' 인물로 기억한 강대홍(호적명 강대락)은 1928년 제3차 조선공산당(일명 ML당) 사건으로 체포돼 3년 7개월간 서대문형무소에 수감됐고, 당시 신문에서 옥중의 강대홍이 위중하다는 기사와 출옥 뒤의 근황까지 소개할 정도로 지명도가 있었다.

요산은 동아일보 동래지국장 시절 부산지국장이던 강대홍과 인연을 맺었다. 남로당 부산시당 위원장을 맡은 강대홍은 요산에게 노백용을 소개하는 등 해방 공간에서 요산의 진로에 일정한 영향을 미쳤다(그는 6.25때 구금 되었는데 유족은 1951년 3월경 부산교도소에서 돌던 발진티부스로 사망한 것으로 전한다). [3)]

이렇게 해방을 피신으로 맞이한 모습은 해방정국과 단독정부수립, 그리고 6.25로 이어지는 격랑의 시대를 살아가는 그의 인생행로에 하나의 상징이 된다.

그는 건국준비위원회 경남지부 문화부원으로 해방정국의 첫 활동을 시작한

---

3) 강대홍에 대한 이야기도 이상헌의 앞의 글에서 빌렸다. 이상헌은 강대홍의 말년을 아들 강대규와의 면담을 통해 전해 들었다. 그는 요산의 큰아들 남재와 고등학교 친구 사이였으며 큰 누나들도 여고 친구였다고도 말했다. 물론 그 당시에는 부모들 사이를 알지 못했다. (부산일보, 2008년 15일)

다. 건준은 9월 6일 인민위원회로 개편되었다. 경남인민위원회 위원장은 윤일(尹一)(1893년 거제도출신)이고 부산위원장은 노백용(盧百容)(1894년 김해출신)이었다. 요산은 앞의 건준과 인민위원회에 이어 민전(민주주의 민족전선)에 참여함으로써 해방공간에서 중도좌파민족주의 노선을 견지했다.

한편 그는 부산 경남지역 문학문화 운동의 중심으로 조선문학가동맹 부산지부장(부위원장은 국어학자 류열), 조선예술연맹 부산지구협의회 위원장을 맡았으며, 미군정에 의해 체포당하기도 했다(46년 4월경 도 전역에 걸친 300명 체포에 포함).

김구 선생과의 관계는 백범이 남한단독정부 수립을 반대하고 남북협상을 제의할 때부터였으며 부산에서 직접 만나기도 있다. 요산은 국문학자 조윤제와 더불어 남북협상차 북으로 가는 백범을 따라 갈 계획을 세우기도 했었다.

요산은 이 무렵 『민주신보』의 논설위원으로 그리고 『대중일보』에도 논설 및 칼럼을 기고하는 등 언론활동도 하면서 3편의 단편을 발표했다. 「옥중회갑」(1946)과 「설날」(1947) 「길벗」(1948)이다. 이중 앞의 두 편은 노백용을 모델로 독립 운동가들이 미군정 하에서 고초를 겪는 당대사회형편을 고발하고 있다. 이순욱이 찾아낸 「길벗」은 양산출신 혁명가 전혁(전병건)을 모델로 하고 있어 당대의 급박한 현실과 문학사이의 긴밀한 관계를 보여주기도 한다. 이순욱은 요산과 전혁이 양산농민조합 사건 때 인연을 맺을 거라고 추측한다.

그러나 정치상황은 급속도로 바뀌고 복잡하여 1947년 부산중학 교사로 취임함으로써 해방 직후의 정치 사회활동을 대부분 중단한다.

신변의 불안은 1950년 6.25 발발로 절정에 달했다.

결정적인 것은 1949년에 결성된 국민보도연맹에 이름이 올라 있었다는 것이다. 국민보도연맹은 이승만정권이 반대파들을 광범위한 좌익으로 묶어 만든 관변단체였다. 전쟁이 나자 요산은 당시 부산근교였던 낙동강가 엄궁으로 피신했다가 군 수사기관에 체포된다. 이때 아호인 요산(樂山)을 지어준 사람은 인민당 관계 일로 잡혀온 의사인 김동산(金東山)이다. 그는 스스로 요산의 의미를 仁者壽(오래도록 지조를 지키며 살라는)로 해석했다. 당시 상당수의 보련가입자들은 부산 인근 바다와 산에서 목숨을 잃었다. 부산형무소로 넘겨진 요산은 당시 그곳의 교도관이었던 남해시잘 제자 박태지와 운수업을 하던 처남의 도움으로 구사일생으로 살아남았다. 요산에게 인덕도 그 자신의 올곧은 성품과 이웃에 대한 사랑의 결과일 것인바 이미 여러 차례 반복되고 있었다.

이때의 체험을 다룬 작품으로는 「모래톱이야기」와 「슬픈 해후」 등이 있다.

6.25가 일어났을 때 그는 부산대학교 조교수의 신분이었다. 1954년 교육공무원법 개정으로 부산대학교 강사로 강등되기도 하면서 같은 대학의 이종률교수가 주도한 부산경남 지역 진보단체인 민족문화협회에서 활동하였다.

1959년 『부산일보』 비상임 논설위원으로 논설 칼럼 수필 등을 발표하면서, 경상남도 지명 제정위원에 위촉되고, 제3회 부산시문화상을 수상했다.

1960년 4.19가 일어났을 때 그는 부산대학교 교수 데모에 가담했다. 문리대 문학부장 일을 보면서 민족문화협회, 민주민족청년동맹, 경남문필가협회, 부산문필가협회 등이 공동 주관한 〈8.15의 밤- 광복15주년기념행사〉와, 10월 민주민족청년동맹이 주관한 〈민족통일대강연회〉에서 남북 문화교류의 필요성을 역설하고, 『부산일보』를 대표하여 교원노조부산지부결성식에서 축사하는 등 활발한 활동을 했다.

그러나 이러한 활동은 1961년 5 · 16 쿠데타가 일어난 뒤에는 모두가 그를 옥죄이는 죄목이 되었다. 부산지역의 A급 체포 대상이었던 그는 5월 18일 서울로 도피했다. 자유당 정권 때와 5 · 16 뒤의 피신과 피검의 체험은 「과정」과 「거적대기」의 소재가 되었다. 60년 6월에 부산대학교에서 파면 조치된 뒤 61년『부산일보』 비상임논설위원으로 있다가 62년부터 64년까지 상임논설위원으로 근무했다. 부산대학에 출강이 허용된 것은 63년 9월부터이며 복직된 해는 1965년 4월 19일이다.

이러한 시대의 전환점에서의 활동 경험과 고통은 잠자던 그의 문학적 열정을 폭발시켰다. 그것은 월남파병(1964년)과 한일협정(1965년) 등 급변하는 정세 앞에 침묵할 수 없는 지식인의 책무이기도 했다.

"이십 년이 넘도록 내처 붓을 꺾어오던 내가 새삼 이런 글을 끼적거리게 된 것은 별안간 무슨 기발한 생각이 떠올라서가 아니다. 오랫동안 교원 노릇을 해오던 탓으로 우연히 알게 된 한 소년과, 그의 젊은 홀어머니, 할아버지, 그리고 그들이 살아오던 낙동강 하류의 어떤 외진 모래톱-이들에 관한 그 기막힌 사연들조차, 마치 지나가는 남의 땅 이야기나 아득한 옛 이야기처럼 세상에서 버려져 있는 데 대해서 까지는 차마 묵묵할 도리가 없었기 때문이다."[4)]

요산이 1966년 11월, 59세의 나이에 발표한 「모래톱 이야기」의 프롤로그다.

이후 그는 「수라도」(1969)를 비롯한 뛰어난 작품들을 계속 썼다. 요산이 다시 서울문단에 얼굴을 낸 걸 두고 평론가 최원식은 "일본 맑스주의와 연계된 식민지시대 프로문학의 봉인이 따진 것"이라면서 '외발의 항일영웅' 소설가 김학철의 한국귀환과 견주어 "과거에서 온 현재"라고 이름했다.[5)]

1967년부터 동아대학교에서 창작론 현대소설론 등을 강의하기도 한 그는 1974년 2월 정년퇴임 후에도 87년까지 부산대학교 대학원과 동아대 학부, 대학원 강의를 맡았다. 정년에 대한 소감을 그는 "교직에 얽매여 쓰고 싶은 글을 못 썼던 일을 생각하면 해방감마저 들기도 한다" 면서 송장 교수로서 연금이나 받아 여생을 즐길 생각은 애초부터 없었다고 밝히기도 했다.

정년 후 요산은 민주화와 관련된 여러 문학단체 및 사회단체 결성에 앞장서거나 이름을 올려 후배들을 독려했다.

1974년 11월에는 유신독재에 맞서는 작가들 모임인 자유실천문인협의회의 고문을, 동년 12월에는 민주회복국민회의 대표위원, 그리고 76년에서 77

---

4) 요산기념사업회, 『김정한전집』3권, 2008, 11쪽.
5) 최원식, 『문학과 진보』창비, 2018, 105쪽.

년까지 한국앰네스트 위원으로 일했으며, 전두환독재시절이던 1985년 5월에는 부산에서 결성된 5.7문학회 고문을 맡아 후배들을 격려했다. 또한 1987년 10월에는 표현의 자유를 되찾고 자유로운 창작환경을 마련하기 위해 결성된 민족작가회의 초대 회장으로 추대되고 이후 명예회장을 지냈다. 이미 요산은 1967년 경 한국문인협회 및 예총 부산지부장을 역임한 바 있었다.

지금까지 살펴본 바대로 요산은 한평생 반식민, 반독재와 싸우면서 도피와 구금의 시간을 되풀이했으며 끊임없는 사찰대상자였다. 앞에서 상술한 기간 외에도 특히 1972년 유신독재 이후, 적어도 5공 정권 때까지도 그는 기관의 사찰 대상자였다.

노후에 그는 협심증과 폐기종으로 시달렸다. 협심증은 1969년부터 찾아왔다. 서울에 다니러 왔던 길에 갑작스레 통증이 와서 세브란스병원에 12일간 입원치료를 받아야 했다. 가장 긴 입원치료는 1992년 여름이었다. 폐기종으로 부산대부속병원에 입원했다가 낙상하여 대퇴부골절수술을 받으며 석달 반 동안의 투병생활을 해야 했다.

92년 병환 중 가톨릭 영세를 받았으며(영세명은 요셉) 1996년 11월 28일 오후 3시 30분경 부산시 수영구 남천동 남천성당에서 타계하였다. 감기 기운으로 동아대부속병원에 입원했다가 임종을 남천성당에서 맞은 것이다. 장례식은 사회장으로 치루어졌으며 묘택은 양산시 어곡동 산 370-3 신불산공원묘지(D아-23)로 했다.

그의 최후작은 1985년 6월 창작과비평사의 『12인 신작소설집』에 수록된 「슬픈 해후」이며, 마지막 수상(受賞)은 1994년, 독립운동가 김창숙 선생의 유지를 살려 만든 '심산상'이었다.

1997년 한식날 묘비를 세우고 4월 20일 제막식을 거행했다. 묘비명 전문은 '小說家 樂山 金公廷漢(요셉) 여기 잠들다'로 되어 있다.

2008년 탄생 100주년을 기념하여 사단법인 요산기념사업회에서 『김정한 전집』 전 5권을 발간하였다. 소설에 한정되기는 했지만 엄정한 원본비평을 통해 지금까지 나온 여러 소설판본들의 오류를 바로 잡은 정본 소설전집이다. 아울러 같은 해에 선생의 흉상을 제작하여 부산시 금정구 남산동 요산문학관 뜰에서 시민들을 만나게 했다.

요산 생가는 2001년 6월에, 문학관은 2006년 11월에 이미 준공 개관하였으며, 그의 문학정신을 기리는 요산 김정한문학상은 1984년부터, 문학축전은 1998년부터 시작해 오늘까지 계속되고 있다.

'하나의 길'이거나 '일관성'이란 말로 요약할 수 요산의 삶과 문학세계를 적절하게 설명하는 평론가 구모룡과 황국명의 생각을 소개하면서 글을 마무리하겠다.

구모룡은 요산에게 행동과 글쓰기는 상관적이라면서, 요산문학은 그가 산 "시대와 삶, 행동과 글쓰기를 전체적인 맥락으로 읽을 때 그 본령에 대한 설명이 가능"하다고 말했다.[6]

황국명은 먼저 요산의 수필 「반골인생」에 나오는 "출생 때부터 일제와 매국노와 그들의 앞잡이들과 어떤 운명적인 관계"에 있었다는 글부터 소개한다.[7] 문제는 해방 후에도 독립에 목숨을 바친 이들의 '피값'을 못 찾거나(「독메」) 해방이 '거꾸로' 되었다는(「지옥변」) 사실이다. 매국노가 애국자와 지도자가 되고 지배자로 군림한 것이다. 두 소설에 나온 진술이 식민지경험과 해방을 국가나 정부차원이 아니라 민중차원에서 해명한 것이라면 '일제'와 그 '앞잡이'들과의 운명적인 관계는 개인 차원을 넘어 민중과 민족의 집합적 경험일 수밖에 없다.

따라서 요산이 직면한 운명은 또한 민중의 몫이며, 그것은 요산의 개인사적 운명이 민중과 더불어 견디어 낸 민족사의 질곡에 닿는다는 뜻이라는 것이다.

---

6) 구모룡, 『감성과 윤리』, 산지니, 2009, 196쪽.
7) 황국명, 『지역소설과 상상력』신생, 2014, 118쪽.

황국명은 요산의 삶과 문학을 그가 살았던 역사라고 하는 전체서사로부터 이해해야 할 이유가 여기에 있다고 했다.

요산은 같은 목소리를 내면서 한 길로 걸어갈 수밖에 없었던 작가였던 것이다.

조갑상

1980년 동아일보 신춘문예에 단편소설 「혼자웃기」가 당선. 단편소설집 『다시 시작하는 끝』 외 3권, 장편소설 『누구나 평행선 너머의 사랑을 꿈꾼다』, 『밤의 눈』을 냈다. 일반저서로는 『소설로 읽는 부산』, 『한국소설에 나타난 부산의 의미』, 『이야기를 걷다』

조향의 문학적 연대기와 시 세계

신 진

1. 문학적 연대기[1]

조향은 해방 후 동아대학교와 부산을 중심으로, 전위적인 시와 시론을 모험적으로 시도했고, 1966년 서울로 이주한 후에도 이 운동을 계속한 시인이다. 그의 시와 시론은 입체파, 미래파, 다다이즘, 초현실주의 등 20세기 초 서구 전위 예술론에 근거했고, 그 중심은 초현실주의에 있었다. 한국 근대시와 시론에 수많은 외국어, 외래어를 도입한 장본인이기도 했다.

시인은 1917년 경남 사천군 곤명면 외가에서, 영농을 하면서도 친부(조용주)가 산청군청에 근무하는 집안의 맏아들로 태어났다. 음력 9월 22일. 본명은 섭제. 외조부는 이조말의 명필 강매산(姜梅產)이고, 친조부 조직규(호는 飼石)는 나비 그림 잘 그리기로 유명하여 '조나비'라는 칭을 가진 이였다. 그의 탈현실적 기질과 예술적 감각은 체질적으로 형성되었다 할 수 있다.

1930년 진주농업학교(고교과정)에 낙제, 부산 부기학교 등을 전전하다

1) 『조향전집』 1시, 2시론 · 산문(열음사, 1994)과 저간의 논의, 조향 제자들의 회고담 등 참조.

1932년 진주고등보통학교에 수석으로 입학, 한 때 악대부 생활도 하였으나 문학으로 전환, 교우지에 시, 기행문 등을 발표했다. 1937년 진주고보 졸업 후 경성제국대학 문과에 응시하였으나 낙방, 대구사범학교 강습과에 입학. 1938년 가락초등학교 훈도로 발령 받는다.

1940년 매일신보(현 서울신문의 전신) 신춘문예에 시「초야(初夜)」로 시부 3석 입선하고, 부모의 권에 의해 김경필 씨와 결혼하였으나 동직의 여교사 배기은과 연애 중 1941년 일본대학 예술학부 창작과에 입학. 동 대학 전문부 상경과로 전과(轉科). 그러나 배기은에게 보낸 장문의 편지가 관헌의 검열에 의해, 민족주의 사상이 농후하다는 이유로 추방당한다. 같은 해 마산으로 귀국하여 김수돈이 소지하고 있던 일본 계간지『詩と詩論』을 읽고 모더니즘, 초현실주의 등에 대한 눈을 뜬다. 같은 계기로 외조부 만년의 외자 아호이던 훈(薫)자를 딴 필명의 일어 시로『일본시단』(월간, 오사카) 동인 역할을 했다.

1942년 강제 징용을 피하기 위하여 마산 성호 초등학교 강사로 취직 후 이듬해 동교 훈도로 발령 받다. 1944년 일본인 여교사 신모도 다다꼬, 시오즈키 타미 등과 동시 연애관계가 알려져서 성안군 북월촌 초등학교로 갑자기 좌천된다.

1945년 해방후 마산으로 돌아가 '건국준비위' 내의 적색분자들과 투쟁, 마산 월령 초등학교 교감으로 발령받고 1946년 동인지『노만파』를 창간, 이때부터 필명을 '향(鄕)'으로 바꾼다. 4집까지『노만파』에 참여한 동인은 김수돈, 박목월, 김춘수, 유치환, 이호우, 서정주 등. 1946년 별거해오던 처 김경필과는 이혼한다. 이듬해 정복진과 재혼, 동아대학 전임강사로 발령 받고 수산대학 강사를 겸임.

1948년 대표작『EPISODE』를 대학국어교재『현대국문학수』에 발표(이후 52년, 58년, 61년 개정판에도 게재). 이때부터 본격적인 초현실주의 시작(詩作)을 하게 된다.『詩と詩論』이후『EPISODE』이전의 그의 시의 주조는 모더니즘적 감각이 가미된 로맨틱한 서정에 있었다고 생각된다.

1949년 상경하여 이한직과 모더니즘 운동을 상의, 김경린, 박인환 등과도 알게 되어 동인회 〈후반기〉를 결성. 조향 외 이한직, 김경린, 박인환, 이상로, 김차영 등이 동인으로 참여. 문총 경남지부 문학부장 겸 출판부장도 맡는다.

1950년 6.25 전쟁으로 조판까지 돼 있던 동인지 『후반기』 발간은 불발, 임시수도였던 부산에 모인 후반기 동인들은 구파 문학, 예술과 이론 면, 작품 면에서 대결한다. 1951년에는 우리 근대시사상 첫 합작시 「불모의 에레지」(김경린, 이봉래, 조향)를 발표. 1953년에는 소설 「구관조」를 『주간썬데이』지에 발표하였으나 포르노 작품으로 판정되어 잡지 판매금지는 물론 폐간되기에 이른다.

1954년 동인지 『현대문학』 1집을 내고 부산대학교 문리대 강사 겸임. 1955년 전위극단 〈예술소극장〉 대표를 맡아 표현주의 연극 공연, 김영주와 함께 현대시화에 최초로 병풍을 도입한 시화전을 개최. 1956년 동인지 『geiger』 1집 발간, 부산예술문화단체연합회 대표위원. 1957년 문총부산지부를 결성하고 그 대표위원에 피선. 1960년 동아대 문리대학장에 피선되고 한국대학야구연맹 부회장 맡다. 1961년 신구문화사판 『세계전후문학전집 · 8, 한국전후문제시집』에 시 13편과 시작노트 수록. 5.16 쿠데타 후 경남예술인총단합준비위원회 위원장, 국어국문학회 부산지회 대표이사. 제1회 경남재건예술제 총지휘. 1962년 예총부산시지부 초대지부장, 사회유공상(반공관계, 경남도지사), 표창장(반공, 부산교육회장), 동인회 일요문학회 대표. 1964년 대한 교련 감사, 1966년 봄 여러 보직 및 동아대학교 교수직 퇴임. 이유는 당시 이사장이 겸임 중이던 동아대학교 총장직을 노린다는 오해(?)를 받은 것. 서울로 이주.

동아대 재직 시절의 시인은 동아대와 부산을 중심으로 아니, 자신을 중심으로 한국 근대 시단을 재편하고자하는 의욕을 보였다. 시인의 주도 하에 『현대문학』, 『geiger』, 『일요문학』 등 동인지 운동에 참여한 시인으로는 양병식, 구연식, 조봉제, 노영란, 김춘방, 정영태, 김일구, 문재구, 안장현, 노재찬, 정화식 등이 있고, 시인의 직접적인 영향을 받은 제자로 한국 문단에서 장기간 활약을 한 이로는 고 김용태, 고 오규원 시인 그리고 소한진, 김석, 송상욱, 최휘웅 시인 등을 들 수 있다.

조향 시인이 동아대에서 맡은 강의는 주로 3,4학년 전공 강의 〈현대문학특강〉, 〈정신분석학〉, 〈현대시론〉, 〈비교문학론〉, 〈영화연극론〉, 〈현대문학연습〉 등 다양했고 강의는 해박한 지식과 달변뿐 아니라, 그의 자긍심이 분출되는 강의로 유명했다.

염문(艶文) 또한 그를 따라다녔다. 제주도 출신 J양은 학교에서나 시 교외 행사에서나 시인의 곁에 그림자처럼 붙어 다녀 놀림의 대상이 되었고, 김 모 미모의 시인과도 예사롭지 않은 관계. 문리대 학장 시절엔 소속 체조담당 여교수와 교내외 데이트를 제자들에게 들키기도 했다. 시인은 그 여교수와 시내에서 팔짱을 끼고 가다 제자(김용태 평론가)에게 목격되기도 했고, 예의 여교수가 그때 슬며시 팔짱을 풀자 왈 "김교수, 좋아하는 사람끼리 팔짱 끼고 걷는 게 뭐가 부끄럽고 죄가 돼서 주저하고 있어. 여기 걸어 다니는 저 신사들 다 위선자들이야. 사실주의자들은 남이 안 볼 때는 여자들과 온갖 짓들 다 하고서 남이 볼 땐 점잖은 척 한단 말야, 초현실주의는 위선을 가장 혐오해, 그게 사실주의자들과는 다른 점이지. 연애를 하려면 모쪼록 초현실주의처럼 당당해야 해." 했다고 한다.

그는 인간적 진실의 근원을 성 에너지에서 찾는 초현실주의의 전도사이자 현실적 격식에 구애받지 않는 자기중심적 자유주의자였고 해박한 지식을 설득력 있게 과시할 줄 아는 달변가였다.

상경 후, 1969년 MBC 문화방면 해설위원, 1972년 명지대학 강사, 1973년 명지대 학생을 중심으로 〈초현실주의연구회〉를 조직, 매 일요일마다 강의와 토론. 초현실주의 연구회의 동인지 『아시체』1집 발간(이후 1984년까지 제4집 발간, 현대의 예술, 사상, 과학, 성격학, 철학, 정신분석학 외 미래파에서 입체파, 다다이즘 등 초현실주의의 바탕이 되는 관련 학문, 미학 등을 탐구하고 재조명.) 1978년부터 〈전환〉 동인으로 『전환』에 신작시 발표. 1981년 40년만에 일본을 여행하고 초현실주의 관련 서적 100여권 구입. 1982년 〈초현실주의의 오후〉라는 모임의 회장을 맡아, 혜화동 아카데미 극장에서 '초현실주의와 현대문학의 방향'을 주제로 공개 강연. 이어서 명동의 시랑(1983), 대전의 카페

뮤우즈(1984) 그리고 서울의 롯데호텔(1984) 등에서 공개강연과 군송(群誦), 시 퍼포먼스 등 공연.

1983년, 그동안 제자들에게 등단을 하지 못하게 하고 자신이 주도하는 동인 운동에만 참여하게 하던 관행을 풀고 이선외를 『시문학』지에 추천. 1984년 8월 9일 0시 03분 초현실주의 연구회원들과 함께 피서를 간 동해안 강릉에서 한 마디 유언 없이 심장장애로 급서.

서울에서의 시인의 초현실주의 운동은 1973년 이후 〈초현실주의연구회〉의 『아시체』와, 동인지 『전환』을 통해 이루어졌다. 『아시체』에는 동인들의 작품과 그의 시론과 평론이 게재되었고, 그가 앞장서고 김차영, 김종문, 박태진, 정귀영, 노영란, 최귀동 등이 참여한 『전환』지(6권까지 발간)에는 그의 근작시들이 실렸다.

그는 한국시단에 참여하는 대신 한국시단을 자신의 초현실주의로 견인하고자 한 시인이었다. 외곬의 길을 가는 전도사의 모습으로 남아있다. 동시에 그는 문단과 학계에 계속적인 과제를 던지는, 상존하는 변수의 한 축이 되고 있다.

2. 조향의 시 세계

조향은 새로운 현대시란 순수언어를 기반으로 한다고 한 바, 순수언어란 표준적 관념, 고정적 정신을 폐기한 언어이다. 물리적 도구성에서도 해방된 언어, 의미전달을 위한 비유가 아닌 절대영상, 이미지 그 자체가 실재인 언어였다. 그것은 초현실주의자들이 신봉하는 의식의 심층, 무의식이라는 순수, 본질의 세계에서 발현된다는 무한 자유, 초현실의 의식혁명이었다.

하지만 그의 시가 처음부터 전위성을 띄었던 것은 아니었다. 매일신보 입상시 「初夜」에서는 순박한 신랑 신부의 다정한 혼인 첫날밤의 정경을 그렸다. 그러다 모더니즘, 초현실주의 등에 대한 흥미는 광복 전부터 발행된 일본의 『詩と詩論』(1941)의 영향에서 알려져 있다. 그러나 1949년 작 「가을과 소녀의 노

래」, 「대연리 서정」등 노만파 시절의 시에 이르기까지 그의 시는 서정시의 관습과 모더니즘적 감각 사이에서 모색을 거듭한 걸로 확인된다. 와중에 발표된 1948년 작『EPISODE』는 그의 초현실주의 시법의 일단을 보여주는 첫 작품이자 대표작으로 손꼽히는 작품이 되었다.

그는 초현실주의를 위시한 다다이즘, 입체파, 미래파, 발레리 류의 순수미학적 상징주의 등 문예사조상의 시론을 소개 실천했다. 자유연상에 의한 데페이즈망과 자동기술법, 콜라주(collage), 편집광적 기법(methode paranoiaque), 몽타주(montage), 포멀리즘(formalisme), 무의미한 말놀이, 음향시, 아크로스틱(acrostic) 등등의 기법들을 소개하고 실천했다. 모두가 그의 무의식적 순수의식의 표현을 위한 이미지들이었다.

정신의 순수성, 의식의 흐름은 그의 시 텍스트를 병치적으로 충돌시키는 기반 논리이자 그 결과이기도 하다. 그의 시의 언어체계를 김춘수 시인의 관점에 따라, '이상 → 조향 → 김춘수'의 관계을 염두에 두면서 살펴보는 것도 문학사적 맥락까지 고려하는 논점이 될 수 있지 않을까 한다.

열오른 눈초리, 하잖은 입모습으로 소년은 가만히 총을 겨누었다.

소녀의 손바닥이 나비처럼 총 끝에 와서 사뿐 앉는다.

이윽고 총 끝에선 파아란 연기가 물씬 올랐다.

뚫린 손바닥의 구멍으로 소녀는 바다를 보았다.

— 아이 ! 어쩜 바다가 이렇게 똥그랗니?

놀란 갈매기들은 황토 산태바기에다 연달아 머릴 처박곤 하얗게 化石이 되어갔다.

–「EPISODE」 전문

눈초리엔 열이 올라있지만 아주 예사로운 입모양의 소년이 소녀에게 총을 겨눈다. 총구 앞의 소녀는 달아나기는커녕 나비처럼 총 끝에 와 앉고, 뚫린 손바닥 구멍으로 바다를 보며 바다가 '똥그란' 데 놀란다. 더욱 놀라운 일은 갈매기들이 황토가 드러난 산언덕에 금세 화석이 되는 장면일 것이다.

소년의 총과 소녀의 손바닥, 총 끝과 나비의 감각, 총의 발사와 동그란 구멍 속의 바다 등 시공 이미지의 동시공존적 배열이다. 현실적 논리와 시공 초월의 초현실, 반합리의 무한 자유, 무의식적인 세계라 할 만하다. 프로이드(S. Freud)적 무의식의 논리를 빌어 리비도, 또는 성적 에너지의 순수한 이미지가 병치되면서도 내면에 일정한 맥락을 이어가는 듯한 언어구조이다. 그의 말대로 의식의 영역에 무의식이 떠오른 순간을 촬영하듯 기술한 것인지, 의식적적 언어유희에 지나지 않는 것인지는 잘라 말할 수 없다. 어느 쪽이든 그의 미감(美感)과 원망(願望)에 의한 결과일 것이다.

조향에게서 영향을 받을 수밖에 없는 입장에 있었던 김춘수도 「EPISODE」는 무의식 세계의 자동적 표출에 그치지 않은, 계산된 심미적 재구성이란 점, 아주 정연한 통일된 줄거리가 전개된다는 점에서 아름다운 환상을 이루었다며 '조향으로서는 성공한 작품'이라 평했다.2)(김춘수, 『시의 위상』, 둥지, 1991)

대부분 조향의 시는 병치적 이미지가 혼합, 교차, 나열되는 구조를 보인다. 맥락이 연결되지 않고 던져지듯 방치된 상태에서 충돌하고 있다. 이에 비해 「EPISODE」는 그 병치가 상당히 선조적인 연결 맥락을 지니도록 구성이 되었기에 비교적 성공했다고 보는 것이 김춘수의 논점인 것이다.

병치구조도 크게 시문적(詩文的) 병치와 비문적(非文的) 병치로 나눌 수 있다. 시의 언어란 원래 모두가 의미론적으로는 일탈(deviation)한 비문이거나 비문적 요소를 지니긴 하지만 그래도 대개의 경우 연결, 종합되는 특정의 맥

2) 김춘수 『시의 위상』 (둥지, 1991) 이하 김춘수의 관점은 같은 책 참조.

락을 갖는다. 「EPISODE」의 경우에도 병치구조 중에서는 일반 시문처럼 연결되는 체계, 시문적 병치구조의 언어체계를 보인다 할 수 있다. 김춘수의 호평은 그래서이다. 부언하자면, 이 시는 김춘수 자신의 무의미 시처럼, 특수 맥락에 의해 연결
되는 병치, 시문적 병치구조의 언어체계를 보이고 있는 것이다.

이에 비해, 조향의 또 한 편의 대표작은 비문적 병치구조의 시라 할 수 있다. 조향의 대다수 초현실주의 시는 이 비문적 병치 언어 체계라 할 수 있다.

> 낡은 아코뎡은 대화를 관뒀습니다.
>
> — 여보세요?
>
> 폰폰따리아
> 마주르카
> 디이젤-엔진에 피는 들국화.
>
> — 왜 그러십니까?
>
> 　　모래밭에서
> 受話器
> 　　여인의 허벅지
> 　　　　　낙지 까아만 그림자
>
> 　　　　　-조향, 「바다의 층계」에서

「바다의 층계」는 논리에 닿지 않는 오브제들의 우연한 만남, 절연(絕緣)의 향

연을 보인다. 끝부분에서는 행을 층계 모양으로 배열한 입체파적 형태주의 기법을 시도, 무의식적 영상에 가까이 침잠하면서 얻은 영상임을 암시한다. '디젤엔진에 피는 들국화만큼'이나 일상적인 논리를 벗어난 순수 오브제들이다. 왜 그러시느냐는 반문에 대한 답도 일상의 논리를 완전 비켜간다. '모래밭에서/수화기/여인의 허벅지/낙지 까아만 그림자'—, 이미지들이 현실적으로는 아무런 관련성 없는 엉뚱한 위치에 병치되어 일정 맥락을 무너뜨리는 것이다.

시인은 시작노트에서 스스로 〈뽄뽄따리아〉, 〈마주르카〉, 〈디이젤. 엔진〉, 〈들국화〉 이들 사이엔 아무런 현실적인 의미의 연관성이 없다고 하고, 이와 같이 사물의 현실적이고 합리적인 관계를 박탈한 새로운 창조적인 관계를 맺는 방법을 데페이즈망이라 한다고 설명했다. 앞의 「EPISODE」에 비해서도 이미지들은 더욱 단절된다. 맥락이 이어지지 않는, 더 뚜렷한 비문이다. 김춘수는 조향의 시가 쉬르의 기본 틀은 잘 지키지만 이론을 도식적으로 적용시킨 듯한 서툰 감이 있다면서 「바다의 층계」를 그 대표적인 예의 하나로 든 한 것이다.

비문적 병치 이미지를 자신의 본격적인 초현실주의 언어로 여긴 조향은 1951년에 부산에서 김경린, 이봉래 등과의 3인 합작 시, '우아한 시체 놀이의 시' 「불모의 에레지」를 발표하기에 이른다. 아시체(雅屍體)놀이란 여럿이 모여 즉흥적으로 마음에 떠오르는 단어나 문장를 쓰게 한 후 이를 무작위로 모아 읽는 초현실주의 작시법의 하나로, 1927년 초현실주의자들의 이 놀이에 의한 시의 첫 시가 "우아한/ 시체는/ 새/ 술을 마실 거야."였던 데서 유래한 말이다. 이런 방법에 의한 시 쓰기에는 당연히 이미지들의 비문적 병치뿐, 특정의 연결 맥락이 있을 수는 없다 하겠다.

김춘수의 전위성을 상징하는 무의미시는 1969년에 나온 시집『타령조、기타』에서부터 1980년에 간행된『비에 젖은 달』까지 지속되는 것으로 알려져 있거니와,[하지만 김춘수의 1959년작 「시 네편」(『신풍토시집.1』)은 이미 조향류의 무의미 시라 할 수 있다.) 1976년에 초판을 내놓은 김춘수의 시론집『의미와 무의미』(문학과 지성사)에 나타난 무의미 시론은 첫째, 초현실주의 발상법과 방법론에 매우 가까이 있고, 둘째 1930년대 이상의 시를 계승하겠다는 의지가 있으며 셋째, '전의식(Preconciousness)'에 의한 자동기술과 몽타주의 언어유희를 골자로 삼는다는 점, 그리고 그 작시법의 요체는 개념적인 의미가 이루어질 때면 지우고 지워 고쳐써서 다른 이미지로 대체하면서(병치하면서) 그들을 다시 이을고리로 다시 연결시키는 데 있다고 할 수 있다. 김춘수는 이 연결고리를 정지용의 「향수」와 이상(李箱)의 시들에서 찾고 있거니와, 김춘수는 조향의 비문 병치 언어를 보다 세련되게 연결시키는 방안을 모색하면서 그의 무의미 시론을 이룬 것이 아닌가 한다.

그렇다면 조향의 「바다의 층계」는 연결이 잘 이루어지지 않는, 김춘수로서는 성공하지 못한 시로 취급할 만한 것이고, 「EPISODE」는 병치 이미지들의 세련된 연결 상태를 보이는 성공작이라 할 수 있다. 의식할 수 없는 무의식의 세계를 무당처럼 집어 와서 언어화 한다는 조향의 시론을 반박한 김춘수는 이상을 따라 무의식이 아닌 전의식, 부지불식간에 의식에 떠오를 수도 있는 전의식의 세계를 옮긴다는 명분 아래 그의 무의미시, 비문적 병치보다 시문적 병치의 무의미 시를 쓰고자 한 것이다. 무의미 시, 이 말은 원래 20세기 초 다다이즘 선언서에도 나오는 말이지만, 말 그대로 '무의미 시'에는 「EPISODE」 류의 시문적 병치의 언어보다 「바다의 층계」의 비문 병치의 시가 더 걸맞는 언어체계라는 반론도 있을 수 있을 것이다.

사실 김춘수의 회고록과 조향의 김춘수 시에 대한 언급으로 볼 때, 김춘수에 있어 조향은 시 창작을 함께한 동인이기도 했지만 조향 시인의 초현실주의 지향성과 동인 활동 자체 김 시인에게 신선한 충격을 주기도한 선의의 경쟁자이기도 했다.3)

김춘수의 무의미시는 조향의 「바다의 층계」에서 「EPISODE」로, 이상의 시로 역류해 나아간 것이라는 논점도 여기서 성립된 수 있겠다. 김춘수의 입장에서 보면 조향은 기계적 초현실주의자일 수 있겠고, 조향의 입장에서 보면 조향 자신이야말로 초현실을 첨예하게 걸은 시인일 수도 있을 것이다.

---

3) 양왕용 「조향과 김춘수의 주고받기」, 『초현실주의 맥과 지평』 –조향 탄신 100주년 추모문집(문학수첩사, 2018) 참조.

이름성르은와다 그러마입소울다 돌아아녀와그다 구두에자이덕서 식물집하죄이자
도도는소잤 지세술녀었 앉서냄서린 끝밤갈는에 채을자나짓
모눈녀 요좀는 소샐쪼 이처언 랑하많
이 줘 구 럼 아
맑 요 역 차 야
질
하
니
까
까
만
죽
음
이

– 조향, 「물구나무선 세모꼴의 서정」 전문

이렇게 조향은 우리 근대시사에서 처음으로 비문 병치 구조의 시를 기본 언어체계로 하여 시를 쓴 시인이다. 「바다의 층계」 외에도 거론되는 그의 시들– 「어느 날의 MENU」, 「검은 SERIES」, 「시편들은 옴니버스를 타고」, 「새로운 연대기」, 「검은 신화」, 「하얀 전설들」, 「목요일의 하얀 조골(助骨)」, 「디멘쉬어프리콕스의 푸르른 산수」, 「샅으로 손을 내미는 소녀는 밤의 톱니바퀴에 걸려 있다」 등등 그의 시 다수는 비문적 병치구조를 보인다 할 것이다.

덧붙이자면, 「에피소드」와 「바다의 층계」는 환상적인 심미의 바다시의 선구작이기도 하다. 이상(李箱)의 시가 소외된 도시민의 내면을 그렸다면, 바다 가까이에서 살았던 조향에 와서는 바다가 초현실적 무의식의 상징이자 성적 쾌감이 의식의 순수한 지경에 닿는 오브제로 쓰였다 할 수 있다. 김춘수의 무의미 시의 대표작으로 거론되는 「처용단장 제1부」도 충격적 병치에 의한 환상적

바다의 미학을 보인다는 점에서도 시사점이 찾을 수 있지 않을까 한다.

조향은 가히 혁명적인 실험시를 써나갔다. 언어의 형태적 시각화 외에도 음향시, 시네포엠 등 갖은 실험을 계속했다. 「바다의 층계」의 층계가 보이는 침잠의 층계 언어 감각은 더욱 노골화 된다.

〈이름도 성도 모르는 눈이 맑은 소녀와 잤다 그러지 마세요 입술 좀 줘요 소녀는 울었다〉하고 읽어나가면 이 시에는 시문적 맥락이 뚜렷한 편이다. 하지만 내용이 당대 대학교수의 고상한 풍속을 뒤엎을 만큼, 극히 관능적이고 퇴폐적이다. 이를 읽기 위해서는 상하를 왕복하는 다섯 개의 크고 작은 역삼각형을 만난다, 가운데 긴 역삼각형을 중심으로 대칭을 이룬 데칼코마니 기법을 언어적으로 구현하고자 하는 것이 시작상의 핵심의도이다. 양식 패러디요 기존 시 양식의 해체라 할 수 있다. 기성의 윤리와 질서에 대한 거부이기도 하다. 프로이드가 무의식이란 인간의 실체적 진실을 움직이는, 인간 정신의 원천이라 말한 성애(性愛, sexual energy)의 개방과 탐구라고도 할 것이다.

언어를 해체하고 기표의 음향만으로 내적 감각을 좇은 시이다.

각 시행의 첫 글자를 이어가다보면 특정 단어나 어구가 되는 아크로스틱 기법을 이용한 듯한 이 시에서, 정상적 언어란 괄호 속 단어인 "음향으로만 즐겨주기 바란다." 뿐이다. 극도의 비문으로 음향의 병치에 의한 분위기만 남는다. 친절을 기울여 읽자면 시의 발표 연도 1979년의 상황과 관련하여 고딕체로 강조된 '마그나카르타'라는 단어가 근대 헌법 정신에 위반하는 당시의 유신헌법 비판이 아닌가 생각 할 수도 있을 것이다. 그러나 그의 텍스트 전반을 볼 때, 그럴 가능성은 거의 없어 보인다. 설사 그랬다 해도 이 시를 현실비판의 시로 읽을 이는 없을 것이다. 문체 자체, 그가 근대적 이성을 해체하고, 음의 고저, 강도, 음색 등이 주는 음향미, 그중에서도 '마그나카르타'라는 음향을 즐기고 있다고 보아야 할 것이다. 그가 가끔 이용하는 시사적이고 정치적인 용어들도 그 사회적 의미에서라기보다는 시각적 청각적 감각에 의해 선택된 것이라 보아야 할 것이다.

고로비요**마**카나코루기나야라야미니고니카카
로네**그나**마노니가로구다노사야마고고로니비
니바니노나노가비바고로비츠시키라메니**카르**
로사니가나사바로나크루가야니**타**티치치고바
(음향으로만 즐겨주기 바란다)
– 조향,「H씨의 주문(呪文)」

이뿐 아니다. 1950년대부터 관심을 가졌던 시각적 영상미와 영화, 연극에 대한 관심은 1980년에 이르러 시네포엠이란 부제(副題)를 단 시를 발표하기에 이른다.

(C · U)
유리창에 시꺼먼 손바닥
따악 붙어 있다
指紋엔 나비의 눈들이…

(M · S)
쇠사슬을 끌고
수많은 다리의 행진

(O · S)
M「아카시아꽃의 계절이었는데……」
W「굴러 내리는 푸른 휘파람도……」
–조향, 「검은 SERIES–cine–poem」 첫째 연

C · U는 피사체가 스크린을 가득 채우는 클로저업, M · S는 등장인물의 허리나 엉덩이, 무릎 위를 포착하는 미디엄 쇼트, O · S는 오버 쇼트, 카메라가

말하는 인물을 찍지 않고 듣고 있는 인물을 찍음으로써 말이 화면 밖에서 들려오는 오프 씬을 가리킨 듯하다.

우리나라에서 최초로 시나리오 형식을 도입한 시이다. 회화시, 음향시 등으로부터 보다 입체적이고 동적인 방향으로 형식 실험의 영역을 확대하고자 한 듯하다. 하지만 이런 그의 노력 역시, 형식위주의 언어장난으로 취급될 위험을 안고 있는 것이었다 하겠다.

3. 과제

조향은 1950년경부터 1984년까지 무의식의 순수이미지와 전위적 언어미학을 탐구하면서 우리 근대시사에서 시의 언어를 가장 앞서 비문적으로 병치한 시인이요, 그 전도사 역할을 수행했던 시인이다. 그러나 그의 진정성과 성과만큼 한국 시단과 학계에서 널리 호응받지는 못한, 외곽의 시인이기도 하다.

그가 다수의 지지를 받지 못하거나 그의 시에 부정적인 논의가 가해지는 데는 그 나름 여러 가지 이유가 있겠고 그 이유들에 대한 재비판의 여지도 있을 것으로 보인다.

그의 문학은 민족 전통과 당대의 엄혹한 삶에 대한 이해를 결여하고 있고, 대중적 기호에서도 거리가 먼 것이었다. 다분히 외래 사조의 기법 수용에 그치는 한계 역시 인정하지 않을 수 없는 것이다.

그가 외곽의 시인으로 겉돌고 있는 이유는 그뿐 아닐 것이다. 우리 문단과 학계의 인연, 학연, 지연 위주의 성향이 외곬으로 떨어져 동인지 활동에나 매달리는 그를 중심으로 불러내어 대접할 리도 없었기 때문일 것이다.

이 지점에서 그에 대한 보다 적극적인 옹호의 여지도 생긴다. 우리나라 전위적 모더니즘 시치고 기법 모색의 한계에 봉착하지 않는 시가 따로 있지도 않다는 점, 그나마 그는 우리 신화와 무속과 민요의 수용을 모색하였다는 점, 애초 조향과 같은 외로운 형식 탐구의 모험가에게 현실적 삶의 인식이나 실용성과 응용능력을 겸비한 실천을 요구하는 것은 논의자의 자기중심적 가정에 입각한 추상에 지나지 않을 수도 있다는 점 등에서이다.

서구 초현실주의를 기계적으로 도입했다는 그의 시에 비해 훨씬 독자를 고려한, 시문적 맥락을 가미한 시라 할지라도 병치구조를 기반으로 하는 전위의 시란 애초 일반 독자의 호응을 받지 못한다는 점에서는 도긴개긴이 아닌가. 이런 관점에서 역비판의 여지마저 없지 않다.

그의 비문적 병치 언어의 실험시들은 1960년대부터 영미(英美) 세계에서 국제화한 포스트모더니즘 시의 선구적인 작품들이라 볼 수도 있다. 기표와 기의의 자의적인 관계, 시간 감각의 와해, 혼성모방과 편집증적 태도 등등 조향시의 특징들은 그대로 포스트모더니즘의 특성에 부합한다. 그의 비문적 병치 언어가 무의식 탐구의 초현실주의보다 기성 권위의 파괴와 해체, 합리 파괴의 우연을 좇은 다다이즘에 더 가까이 있었던 것이 그 원인이 되지 않을까 한다.

문학사적 정리와 관련하여 부언할 논점도 있다. 그의 제자들에 의하면(특히 최휘웅 시인) 시인은 강의실에서 이상(李箱)을 우리 근대시사상 최고의 시인으로 강조하곤 했다고 한다. 그러나 그의 적지 않은 시론, 평론, 단평과 소개 글에서는, 이상(李箱)의 시를 인용하거나 언급한 대목을 찾을 수 없다. 김춘수의 조향에 대한 인색한 논평, 조향의 이상 외면, 이 관계를 확인하고 이해하는 것도 우리 근대시에 병치적 언어의 영역을 앞장서 개척하고 확장하고 계승했던 시인, 이상과 조향과 김춘수, 세 시인의 도정(道程)과 공과, 그리고 현 전위시단의 형성과정과 정체성을 엄정하게 조명하는 길이 되지 않을까 한다.

신 진(辛進)

월간 《시문학》 추천완료(74~76), 시집으로 『멀리뛰기』 등 8권. 논저로 『한국시의 이론』 등 9권. 창작동화 『낙타가시꽃의 탈출』. 귀촌 에세이 『촌놈 되기』 등 발간. 시문학상, 봉생문화상, 부산시문화상 외 수상. 현 동아대학교 한국어문학과 명예교수

함께 사는 숨결, 수필 5제

송명화

노경자

한보경

박이훈

문양환

숨은 다리

송명화

"너무 좋다."

여든 아홉 할머니 얼굴이 빛이 난다. 팔걸이가 나지막한 소파에 앉아도 보고 누워도 보며 만족해하신다. 딸들과 손자를 호위병처럼 거느리고 굽은 허리를 애써 펴며 즐겁게 거니는 할머니가 이 팀의 대장이다. 꼼꼼하게 따지고 마지막으로 할머니한테 결재를 받는 그들의 대화 방식에 나도 덩달아 즐거워진다.

딸들이 의논을 했단다. 어머니 근처에 모여 살기로 하고 한 단지 안에 각기 작은 아파트를 얻고 집을 수리하고 가구를 들이고……. 왁자한 수다 속에 정이 뚝뚝 떨어진다. 준비하는 과정을 듣는 나도 신바람이 났다. 내 어머니가 쓰실 것인 양 가성비가 높은 가구를 이리저리 궁리한다. 시공할 때 케이크라도 보내고 싶은 마음이다. 육십 대인 언니는 장롱을, 오십 대인 동생은 식탁과 화장대를, 할머니는 소파를 계약하고 일어섰다. 엘리베이터가 다 내려갈 때까지 도란거리는 말소리가 우리 매장을 밝혔다.

할머니의 여생에 동반자가 되어줄 소파에 앉아 본다. 푹신한 등 쿠션에 탄탄한 좌판의 박음질이 뚜렷하고, 네 모서리를 떠받친 다리의 각선미가 돋보인다. 젊은 날 어머니가 아끼시던 화초장 다리가 저리 날렵했었지. 넓고 나지막한 팔걸이는 베개로 안성맞춤이다. 바로 눕고 모로 눕고 손님이 없는 틈을 타서 나도 할머니처럼 누워본다. “너무 좋다.” 할머니처럼 소파가 좋아서가 아니다. 부러워서 절로 나오는 소리다.

내가 쓴 수필, 「매니큐어」의 주인공 할머니가 돌아가셨다는 소식을 들었다. 빨간 손톱이 이채로운 나뭇가지 같은 손 사진만 남기고 할머니는 곤고했던 삶을 접으셨다. 말년에 그분이 사셨던 동해안에 위치한 치매노인요양원은 외로운 섬이었다. 서울 사람도 여기까지 모시고 와서는 혼자 올라가 버린다던가. 가족으로부터 버림을 받는 순간 할머니의 우물은 말라버린 것 같았다. “좋다“는 낱말을 잊으셨는가. 목이 터져라 새타령을 부르건만 추임새는커녕 박수조차 힘이 없었다. 두어 번 손 부딪고, 다시 늘어뜨리는 그 손에 신 작가가 매니큐어를 칠해 드렸었다. 춤을 추고 노래를 불러드려도 물기가 돌지 않던 눈동자가 못내 서러웠다.

튼튼한가. 소파의 네 귀퉁이 다리가 모양을 내느라 가냘파 보인다. 걱정스러워 몸을 낮추고 아래를 들여다보니 우람한 다리 네 개가 보이지 않는 가운데를 떠받치고 있었다. 숨은 다리가 할머니의 자녀들이구나 싶어 무릎을 탁 쳤다. 할머니가 몸을 쭉 펴고 누우시며 “너무 좋다.”라고 말씀하실 수 있었던 것은 든든한 자식들을 거느린 자신감의 표현이라는 생각을 한다. 자식들의 응원이 없었더라도 할머니는 감탄사를 쓰실 만큼 이 소파가 좋으셨을까. 자식들이 떠받들고 있는 보료 위에 편히 쉴 수 있는 자리가 오늘 할머니의 자리이다. 소파 할머니와 매니큐어 할머니의 노년을 비교하며 숨은 다리를 두드려본다.

며칠 전에 어머니를 보내드렸다. 기억이 예전 같지 않은 어머니를 우리 집으로 모셔온 건 성급한 행동이었나 보다. 사흘을 넘기지 못하고 가방을 싸들고 문간에서 재촉하셨다. "내 집 두고 왜 딸네 집에 사느냐."는 말씀이 단호하였다. 이제 연세 드셨으니 자식 말 들으시라고 목소리를 높이는 내게 역정 내시며 부리나케 아파트 밑으로 내려가셨다. 억지로 모셔온 건 내 마음 편하고 싶은 이기심의 소치였나 싶어 아직도 마음이 편치 못하다. 자식 고생시킬 것 없다며 승용차도 마다하고 기어이 버스에 오르신 어머니가 환하게 웃으시며 손을 흔드시는 게 아닌가. 지난번 병원 갔다가 어머니의 약봉지를 한 보따리 받아들 때처럼 또 왈칵 눈물이 쏟아졌다.

할머니의 말씀이 귓전에서 맴돈다. 내 어머니의 말씀이었으면 얼마나 좋을까. "얘야, 너무 좋다." 든든한 숨은 다리가 되지 못하는 자식이 퍼런 눈물을 찍어낸다.

송명화

2000년 《문학도시》 등단. 전남일보 신춘문예 당선(수필). 수필집 『에세 햇살 위를 걷다』, 『사랑학개론』, 『순장소녀』 제1회 김만중문학상, 설총문학상, 한국에세이평론상 외 수상. 계간 《에세이문예》 주간, 부산교육대학교 외래교수.

세상을 달구는 고요 속으로

노경자

푹푹 찐다. 이 말도 요즘 더위에는 힘없는 단어들의 조합이다. 펄펄 끓는 가마솥보다 더했으면 더했지 덜하지 않는 날씨다. 그냥 태양이 반쯤 정신이 나간 사이에 자신도 모르게 내장 한 부분을 지상으로 흘러 보내고 있다고 하는 게 더 적절할지 모르겠다. 세계는 지금, 50도가 넘는 살인적인 날씨와 산불, 홍수, 지진 등으로 세상을 흔들고 있다. 밤낮 없는 폭음에 에어컨을 켜야만 겨우 숨을 쉴 수 있을 정도다. 그래서인지 전기세에 대한 국민들의 걱정과 분노는 연일 뉴스를 장식한다.

더위 속에서도 씩씩하게 길을 떠났다.

고속도로는 아지랑이가 피어오르고 있었다. 하늘은 구름 한 점 그려놓기가 싫은지 파란 색도화지만 펼쳐 놓은 채 한 달 넘게 휴업중이다. 고도의 역사가 숨 쉬는 경주를 찾았다. 경주에 오면 찾아가는 불국사, 첨성대, 왕릉, 안압지

등은 오늘은 가고 싶지 않다. 아이들을 놀이공원에 내려주고 우리 부부는 한적한 마을로 차를 돌렸다. 문명의 손길이 그나마 덜한, 관광객이 찾아오지 않을 만한 마을은 논밭과 가뭄으로 소량의 물이 흐르는 큰 내가 있다. 그런 곳에서 자작나무를 심어 놓은 카페를 발견했다.

이런 곳은 입 소문이나 마니아들이 아니면 결코 올 것 같지 않는 장소다. 시골 농가들만 있는 곳에 카페라……! 카페 문을 열고 들어선 내부는 큼직하다. 곳곳에 키 큰 나무들이 있었지만 결코 좁은 곳이라 느낄 수 없을 정도다. 천장이 너무 높아서일까. 주문대로 가니 머리를 뒤로 질끈 묶은 남자 분이 우리를 맞이한다. 커피와 에이드 한 잔을 각각 시키고 돌아서는데 오토바이 한 대가 카페 중앙에 장식물처럼 세워져 있다. 금방이라도 밖을 향해 질주할 것만 같은 오토바이, 벽에 붙여진 이국의 사진들. 나는 오토바이를 다시 한 번 보고 돌아서서 그 남자를 다시 봤다. 남자는 커피를 내리느라 나를 보지 못했다. '무엇을 하던 남자일까?' 그래도 다행이다. 서로 민망한 시선을 피할 수 있었고, 쓸데없는 질문을 하지 않아도 되었으니…….

주인을 닮은 철제 벽시계는 오후 1시가 넘었다는 걸 알려 준다. 이 시간에 손님은 남편과 나 둘 뿐이다. 젊은 남자는 뜨거운 커피 한 잔과 얼음이 잔뜩 든 자몽에이드 한 잔 그리고 작은 접시에 비스킷을 갖다 주었다. 찬 음료를 마시면 밤에 기침을 하는 나는 태양빛을 담은 커피를, 열이 아주 많은 남편은 자몽에이드를 마셨다. 가방에서 책을 꺼내 읽는다. 한 모금씩 커피를 아껴 마셨다. 밖은 여전히 지글지글 끓고 있다.

한 시간쯤 지나자 동네 할아버지 셋, 친구로 보이는 여자 두 명, 부부로 보이는 남자와 여자, 여인 같은 커플이 모여들기 시작했다. 젊은 남자 혼자 하기가 좀 버겁겠다고 생각할 때였다. 연인인지 부부인지 모를 젊은 여자가 들어와 주인 남자와 함께 차를 만든다. 음악만이 침묵을 깨던 카페에 갑자기 손님들이 넘친다. 역시 우리는 손님을 몰고 오는 운이 있나 보다면서 우리 부부는 서로를 칭찬해 주었다. 카페 안이 조금 어수선하다. 그래도 좋다. 눈치 보지 않고 오래 있어도 주인에게 미안하지 않을 것 같다. 그러나 이런 작은 바람도 여지없이 깨져버렸다. 그들은 카페안의 풍경들을 휴대폰으로 담고 주문한 차를 순식간에 마시고는 바람처럼 나가버렸다. 카페는 다시 둘 만의 시간이다.

유리문 때문에 소리는 들리지 않지만 창밖의 자작나무 잎들이 서로 몸을 부딪치고 있다. 더운 바람에도 그들은 몸을 부비며 뜨거운 계절을 견디고 있다. 음악이 없다면, 자작나무의 움직임이 없다면, 시계의 숫자가 바뀌지 않고 있다면, 시간이 멈췄다고 믿어 버릴지도 모른다. 고요한 공기와 땡볕을 피해 들어온 구석진 창가. 간혹 종이 넘기는 소리만 들리는 곳. 모든 걸 내려놓아도 좋다고 생각이 들만큼 아늑한 공간.

가져간 책을 반쯤 읽고 파란 철문을 열고 카페를 나왔다. 갑자기 먹구름이 몰려오더니 아주 잠깐 동안 소나기를 뿌린다. 잠시 차 안에서 차문을 두드리는 빗소리를 감상했다. 나무가 우거진 숲길을 지나 서출지로 갔다. 작은 연못에는 연꽃이 피어 있고 잠시 내린 소나기로 땅은 흠뻑 젖어 있었다. 연못 둘레에는 배롱나무 꽃들이 밝은 자주색으로 피어 있었다. 소나무에서 들리는 매미소리와 연못 속에서 풍덩풍덩 개구리들의 잠수하는 소리가 고요한 파문을 일으킨다. 연못가에 목조로 지은 건물 '이요당'! 이 건물은 조선 현종 5년(1664)에 임적이 못가에 건물을 지어 글을 읽고 경치를 즐긴 곳이라고 한다.

이 연못에 관한 전설로는 신라 소지왕이 하루는 남산 기슭에 있던 '천천정'이라는 정자로 가고 있을 때, 까마귀와 쥐가 와서 '이 까마귀가 가는 곳을 쫓아가보라'고 하여 가보니 못 가운데서 한 노인이 나타나 봉투를 건네줘 왕에게 그것을 올렸다. 왕이 봉투를 받아보자 '열어보면 두 사람이 죽고 보지 않으면 한사람이 죽는다.' 라고 적혀 있었다. 이를 본 신하가 말했다. "두 사람은 평민이고 한사람은 왕을 가리킴이오니 열어보시는 것이 어떨까 하옵니다." 왕은 신하의 조언에 따라 봉투를 뜯었다. '사금갑(射琴匣)' 즉 '거문고 갑을 쏘아라.' 라고 적혀 있었다.

왕은 왕비의 침실에 세워둔 거문고 갑을 향해 활시위를 당겼다. 거문고 갑 속에는 왕실에서 불공을 보살피는 승려가 죽어있었다. 승려는 왕비와 짜고 소지왕을 해치려고 했던 것이다. 왕비는 곧 사형되었고, 왕은 노인이 건네준 봉투 덕분에 죽음을 면하게 되었다. 하여 이 못에서 글이 나와 계략을 막았다 하여 이름을 서출지(書出池)라 하였다. 그때부터 정월 보름날은 오기일(烏忌日)이라 하여 찰밥을 준비해 까마귀에게 제사를 지내는 풍속이 생겨났다고 한다. 은혜를 잊지 않는 왕의 마음이 오늘날까지 이어져 여름날 찾아온 여인에게 작은 깨달음을 주나보다. 우리도 누군가의 은혜로 이렇게 한시 한날 좋은 날을 함께 보내는 것인지 모른다.

한 남자의 느림과
한 여자의 느림이
땅거미를 맞이한다.
땅거미는 어둠으로
어둠은 풀벌레 소리로
심지를 돋우고

다른 듯 같은

같은 듯 다른

우리는

세상을 달구는 고요 속으로

거북이처럼 걸어가고 있었다.

노경자

2006년 《현대수필》 등단. 수필집 『세상 밖의 세상』, 『살아보니 콩닥콩닥』, 『별뉘처럼 오신 당신』 외.
정과정문학상, 윤선도문학상, 에세이문예작가상, 부산수필문학작품상, 한국동서문학작품상 수상.

가지 않은 길

한보경

〈가지 않은 길〉과 〈가지 못한 길〉은 끝내 나의 길이 되지 못한 길이다. 가지 않은 것과 가지 못한 것의 차이는 모호하다. 〈가지 않은 길〉이나 〈가지 못한 길〉을 나의 길이 아닌 길들이라고 단정을 내리기에는 그 〈길〉들에 대한 아쉬움이 크다. 어쩌면 〈가지 않은 길〉이 〈가지 못한 길〉보다 더 안타깝고 아쉬운 것일 때가 많다.

가지 못했거나 가지 않은 길들. 그 길들은 곧고 넓고 빠른 길만을 찾아 헤매느라 외면하고 지나쳐 온 길일 수도 있었을 것이고, 강을 지나 넓은 바다까지 다다를 수 있는 지름길일 수도 있었으리라. 또한 도중에 끊어지고 막혀 길 아닌 길이 될 수 있는 길이었거나, 엉뚱한 샛길이기도 해서 오히려 의도하지 않은 또 다른 새 길을 열어가는 이유가 되었을지도 모른다.

어떤 길이었더라도 프로스트의 시 〈가지 않은 길〉의 시적 화자처럼 그 길을 걸었기에 내 삶이 달라졌다면 가지 않았거나 가지 못했던 길 역시 소중한 나의 길이 아닐까 생각해본다.

지금껏 제 길을 찾아 잘 걸어간다고 여겼던 딸이 다시 갈라진 길 앞에서 방향을 잃고 망설이고 있다. 〈가지 않은 길〉의 시적 화자는 사람들이 적게 걸어간 길로 걸어갔고 그 때문에 많은 것이 달라졌노라고 했다. 나 역시 길의 조용한 강요 앞에 선 딸이 남들이 이미 걸어가며 다져놓은 편하고 곧은길로만 걸어가기를 원하지는 않는다.

길은 무수히 많다. 너무 많아서 잠시 쉬어야 제대로 방향감이 살아나서 원하는 길을 갈 수 있다. 그러니 쉼표 또한 길이다. 한창 나이의 딸아이가 쉼표를 단절과 중지가 아닌 거라고 받아들이기까지는 시간이 좀 더 필요할지 모르겠다. 더 길고 거친 길을 가게 될지도 모르는데 잠시 쉼표 위에서 제대로 쉼의 시간을 갖기 바란다.
그리고 더 새로운 길을 발견하기 바란다. 나는 딸에게 지나온 길의 쓰라린 실패는 물론이고 성공이라 여겼던 달콤한 안주마저도 깨끗이 지우고 버릴 줄 아는 용기에 대해 말하고 싶다. 가지 않았거나 가지 못했던 길에 대한 아쉬움마저도 다 털어낼 수 있는 담백한 용기를 가지라고 말하고 싶다.

파스칼 키냐르의 소설 〈빌라 아말리아〉의 주인공 안은 새로운 길을 가기 전 철두철미하게 과거와 현재의 길부터 지운다. 그리고 한 번도 걸어간 적 없는 길을 서슴지 않고 용감하게 걸어간다.

우리는 익숙해진 하나의 삶을 고집하며 살기 때문에 새로운 길을 갈망하면서도 그 길 앞에서 늘 망설이고 숱한 갈등을 겪는다. 우리 내면에 살고 있는 "삶을 불행하게 만드는 수동적 고집의 본성"을 깨닫는 순간 새로운 길은 열릴 수 있는 것이다. 안이 운명과도 같은 〈빌라 아말리아〉를 만난 것도 오래 지닌 '수동적 고집'을 버린 때문일 것이다. 〈빌라 아말리아〉는 안에게 공간을 제공하는 집을 의미하는 것이 아니다. 갇힌 내면의 틀을 깨고 새로워지기 위해 안이 선택한 안의 길이다.

밤새 강풍이 불고 짧고 찬란하던 착각처럼 벚꽃이 지던 지난 봄, 늘 지나치던 길가에서 작은 빌라 한 동을 발견한 적이 있다. 매연에 찌든 그 빌라의 이름은 묘하게도 소망이었다. 아마도 그 집은 줄곧 소망을 향해 걸어 왔으리라. 웅크려 앉은 작고 초라한 그 집은 소망이라는 이름표를 달고 쇠락해가는 미소를 짓고 있었다. 그 미소에서 애잔한 아쉬움보다 이고지고 온 무거운 소망을 다 내려놓은 편안한 얼굴이 보였다. 베란다에는 낡고 빛바랜 헐렁한 티셔츠가 소망의 끝자락처럼 펄럭이고 있었다. 벚꽃이 지는 봄날과 닮은 낡아가는 소망이 정말 아름다웠다.

여전히 지나온 길에 대한 이런저런 회한을 다 내려놓지 못하여 내 어깨는 무겁고 아픈 통증을 겪고 있다. 버려야 할 때 제대로 버리지 못한 것들은 고질적인 통증이 되어 켜켜이 쌓여간다. 길도 버릴 수 있을 때 버려야 또 다른 나의 길이 열리는 걸 아프게 알아가는 중이다.

그러나 딸아이는 새로운 길을 나서기 전에 버려야 할 길을 골라 버릴 줄 아는 용기를 낼 거라고 믿는다. 비록 그 길이 아무도 걸어간 흔적이 없는 덤불이 우거진 길이라 해도 그 길의 끝에서 운명처럼 기다리고 있는 〈빌라 아말리아〉를 찾을 수 있을 거라 믿고 싶다. 그래서 가지 않은 길과 가지 못한 길마저 자신의 길이었다고 받아들일 수 있기 바란다.

훗날 어디선가 숲 속에 두 갈래 길이 있었다고, 나는 사람이 적게 간 길을 택하였다고, 그리고 그것 때문에 모든 것이 달라졌다고, 그리 말할 수 있기를 소망한다.

한보경
2009 ≪불교문예≫ 등단. 시집 『여기가 거기였을 때』

자동차가 권력인가

박이훈

행단보도 정지선에 멈춰선 에쿠스와 마티즈, 에쿠스를 모는 여자가 마티즈를 운전하는 여자에게 묻는다. 저~어기 아줌마 그 마티즈 얼마주고 샀어요 대답하기 싫었는지 대꾸가 없다. 신호가 바뀌었고 다음 신호등 행단보도 앞에 또 나란히 멈춰 선 두 대의 승용차. 에쿠스의 여자는 창문을 내리고 또 묻는다. 저기요 그 마티즈 얼마주고 샀어요 마티즈의 여자는 뭐라고 답했을까

내가 생전처음 구입한 차는 마티즈다. 1996년도에 면허증을 따고 남편차를 가끔 빌리다시피 하다 10여년 만에 현금 900 만원을 주고 산 차다. 물론 보험료와 기타 추가비용이 더 들었다. 학원에 근무 할 때 집안 살림과 직장을 병행하려니 힘든데다 직장까지 버스 코스가 어중간해서 구입한 터였다. 나는 그녀석을 애칭으로 '마티' 라고 불렀다. 마티는 내게 무척이나 필요하고 편리하고 고마운 존재였다. 그렇지만 나는 가끔씩 마티 때문에 타인과 싸워야 했다.

하루는 바쁘게 서면에 갔다가 복개천로 빈 주차 공간에 마티를 세우는데 저 만치서 주차 관리 아저씨가 바쁘게 달려오면서 "그~ 거기 차 빼세요." 하면서 소리친다. 영문도 모르고 차를 빼고 나오는데 뒤따라 온 중형차를 그 자리에 주차를 시키는 게 아닌가

그 장면을 쳐다보니 영 기분이 말이 아니다. 참을까 하다가 "아저씨~ 하고 불렀다." 나 더러는 차 빼라더니 왜 그 차는 주차합니까 라며 따졌다. 어느 구청에서 경차는 주차하지 못하게 하라 더냐고, 무슨 경우냐고, 유럽 부강국가에서도 경차를 선호하는데 아저씨가 무슨 권한으로 경차 주차를 막느냐, 이래서 비싼 기름 값에도 불구하고 다들 중형차를 선호한다고 ,차가 경차니까 사람도 경차 같아 보이느냐고 물었다.

그래도 기분이 좋을 리 없어 아저씨도 외제 차를 타고 다닙니까? 로 시작해서 같은 서민이면서 서민을 무시하면 되겠느냐는 등, 결국 억지로 나는 그곳에 주차를 했지만 맘을 진정하는데 시간이 걸렸다.

신 새벽 온천장에 목욕을 갔을 때였다. 널찍한 주차장에는 빈 주차 면이 많이 있었다. 마티를 주차장 한가운데에 대려하자 주차관리인이 다가오더니 저쪽 구석에 주차하라고 지시하듯 말 하는게 아닌가? 그래서 물었다. "경차는 목욕 요금을 적게 받나요?" 그는 아무 말없이 눈길을 돌렸다.

우리 사회 곳곳에서 이처럼 차별이 아닌 차별이 자행되고 있다. 어느 해 였던가, 모 대학에서 겪은 일이다. 마티를 몰고 대학교 후문으로 들어가는데 아

저씨가 주민등록증을 주고 들어가라고 했다. 아니, 불과 며칠 전에 남편이 중형차를 몰고 들어 갈 때는 그냥 통과 시켜 주더니, 까칠하다면 까칠한 나는 참을 수 없어 얼굴이 벌개지도록 화를 내 버렸다.

시내 대부분 사설 주차장에서도 소형차 무시 관행은 공통이다. 일반 주차면에 세우면 경차용 주차면이 따로 없는데도 " 아줌마 저~어기 좀 세워 주이소" 한다. 요즘은 경차 주차면을 만들어 놓고도 요금은 똑 같이 받는다.

내가 이런 관행과 싸우는 것은 내 개인의 자존심 때문만은 아니였다. 더러 항의를 듣고 나면 다음부터는 한번 생각을 하겠거니 해서였다. 그러다 800cc 마티와 이별하고 1000cc 쎄보레로 바꾼지 벌써 몇 년이 되었다. 그러나 경차 이기는 마찬가지다.

경차 운전자에 대한 차별대우는 지금도 여전하다. 때로는 무시했고 때로는 싸우고 때로는 피하며 산다. 내가 기껏 할 수 있는 것은 주차 관리 하시는 분에게 "비슷한 처지에 너무 차별하시면 복 못 받습니다." 고 말하는 정도다

김수환 추기경도 경차를 타셨다는 사실을 상기하며 '경차 탄다고 사람 우습게 보지 말라'고 웃어 보지만 외부의 시선은 여전히 이렇게 말하며 코웃음 치는 거 같다.

"몰랐니? 승용차가 권력이야!"

우리 집은 식구들이 다 타지에 산다, 물론 차가 가족 수와 같다

그럼에도 모두 중형차를 선호하면 기름 한 방울 나지 않는 좁은 나라에서 환

경오염은 둘째라 하더라도 그 낭비를 생각해 볼 일이다.

박이훈

2010년 시집 『수신두절』 외

2012년 《시와소금》 등단. 부산작가회의 회원.

'아미새'의 유래

문양환

가수 현철이 부른 대중가요 '아미새~ 아미~새 아미새가 나를 울린다'라는 구성진 가락의 트로트 곡 노랫말에 얽힌 이야기다.

지금도 유행하고 있는 이 노래의 제목 '아미새'에 대해 사람들은 막연히 아미새란 무슨 슬픈 사연을 지닌 새 이름일 거라 알고들 있다. 어느 노래교실에서는 아미새를 '아름답고 미운 새'의 줄임말이라고 강사가 소개하고 있고 이 역시 유력한 말 풀이 구실을 하기도 한다.

그러나 '아미새'는 숲속을 날아다니는 실존의 새도 아니고 깊은 산속의 어느 산사(절)의 이름도 아니고 숲속의 옹달샘도 아니다. 언어 유희적 줄임말도 아니다.

아미새의 의미를 소개하자면 아무래도 내가 잘 아는 '황 치일'이라는 의학박사부터 소개해야 한다. 이분은 바쁜 의료현장에서 틈틈이 글을 써서 '의창'(의사들의 문예지)에 수필과 시를 매번 올리는 시인이기도 하거니와 아미새 노래는 이분으로부터 유래된 것인 즉, 그 내력은 이렇다.

황 치일, 이분은 경주 북군동의 보문호가 멀리 내려다보이는 야트막한 만여 평의 산에 농장을 만들어 갖가지 농사도 짓고 닭, 토끼 등 동물도 키우고 주말이면 여기로 지인들을 초청하여 즐거운 시간을 가지기도 한다. 그러던 중, 1996년 어느 날 이 농장에 부산에서 작곡가 겸 무명가수로 활동하던 나 영수라는 친구가 지인들과 함께 놀러왔더란다. 삼겹살에 소주파티를 하면서 놀고 있을 때 황 박사는 이런저런 이야기 끝에

"영수야, 너 우리 농장을 주제로 하는 노래 한 곡 만들어 도~"

황 박사가 제안을 했다.

나 영수씨가 '가사가 있어야 곡을 붙이지'라고 하자, 황 박사는 '아미새 농원'이라는 자작시를 보여 주었다고 한다.

음지의 눈발이 다 녹기 전에
양지에서-소옥 내민 노루-귀 모습
혜미와 단둘이서 노래하며
보문호를 거닐며 사랑을 배웠지
아미새~ 아미새~
아미새~ 아미새~
해가 질수록 달이 질수록 비밀스런 아~미~새

이것이 나 영수에게 건네진 '아미새'이고 나중에 나영수씨가 예전부터 잘 알고 지내던 현철의 구성진 목소리를 타고 히트하게 된 사연이다.

나 영수 작사 현철 노래 아미새는 한결 다른 이름으로 탈바꿈 하였다. 히트

곡 아미새의 1절 가사를 옮긴다.

아름답고 미운새 아미새 당신 남자의 애간장만 태우는 여자 안보면 보고 싶고 보면 미워라 다가서면 멀어지는 아름다운 미운새 아미새 아미새 아미새가 나를 울린다신기루 사랑인가 아미새야 아미새야

그러면 아미새란 무슨 말인가? 이쯤에서 그 특이한 제목의 정체를 밝힐 때가 된 듯하다.

황박사는 딸을 셋 두었는데, 그의 농장의 이름 '아미새'에서 유래하고 그 농장 이름은 세 딸의 이름에서 유해하는 것인 즉, 아미새란 첫째 딸인 황아삼(아삼은 아침의 고어), 둘째 딸인 황미리(미리는 용(龍)의 순 우리말) 셋째 딸인 황새삼(새삼은 새로운 삶)— 세 딸의 이름 앞 자인 아, 미, 새를 따와 조합하여 만든 이름인 것이다. 이러고 보면 이 분은 마치 딸을 셋 두려고 오래전부터 미리 작정(?)을 했던 것인가 싶기도 하다. 그의 작명술도 예사롭지 않고 그 이름들을 농장의 이름에까지 붙인 딸 사랑의 마음도 예사롭지 않다.

요즘 '뉴 실버'란 말이 있다. 나이가 좀 든 분들 중에도 독립적이고 왕성한 사회활동을 하고 있는 노년층을 칭하는 새로운 단어이다. 보통 '실버'로 불리는 노년층은 시대 변화에 둔감하고 새로운 것을 익히는데 거부반응이 있는 반면, '뉴 실버'는 긍정적인 사고로 여유를 즐기며 호기심을 잃지 않고 취미 활동을 하는 것이 특징이다. 그때그때 시니어 파워, 실버 파워, 액티브 시니어, 해피 시니어 등으로도 불린다고 한다.

황 박사는 지금도 주중엔 병원에서 최고책임자인 원장직을 맡고 있는 뉴 실버이다. 주말에는 어김없이 '아미새 농장'에서 전원생활을 즐기고 있다. 그의 주말 농장은 개방되어 있어, 원하는 모임이 있으면 일반인의 주말 방문도 허

락한다고 한다.

참, 이 말은 할까 말까 망설였는데 내뱉지 않으면 나중에 후회할 것만 같아서 고백하거니와, 황박사의 첫째 딸인 '아삼'— 그의 귀한 딸내미는 우리 며느리, 그의 딸이자 내 딸이기도 하다.

문양환

1950년 부산출생
한국감정원 감정역 감정평가사 자격취득
현재 '우성감정평가사사무소' 운영 중임

특별기고

'농민소설 연구가에서 불현듯 농민이 되어버린 평론가,
길벗의 길에서 그를 만났다.

「길을 따르지 않고 바람을 따라 걷는다」

최갑진 | 문학평론가

떠나기

사직동 집으로 오르는 골목길에는 늘 바람이 있었다. 그래서 골목길을 오를 때 바람이 불어도, 아 ! 바람이 분다, 라고 어느 상징주의 시인처럼 반응할 여지가 없었다. 바람은 언제나 산비탈에서 불어와 옷자락을 펄럭이게 했기 때문이다. 그럼에도 가을의 초입에 부는 바람만은 새삼스럽게 느껴졌다. 스치듯 지나가는 미세한 바람결에 아스라한 그리움이 고개를 내민 탓인지 괜히 목덜미가 간지러워 손가락으로 푸른 하늘을 툭치는 시늉이라도 하였다. 가을의 시작을 알리는 바람에 언제나 그 정도는 반응했던 것 같다. 그런데 언제부터인지 '새삼스럽다'고 느끼는 일들이 사라진다. 늦가을 바람이 세찬 추위를 몰고 와서야 가을이 지나고 있음을 알아차린다. 지나가버린 계절을 아쉬워하지 않고, 다가올 새해가 설레지 않는다. 낯선 섬에서 아침을 맞이하기 위해 선착장 알림판에서 여객선 운행시간을 확인하던 부산함도 먼 과거의 일이 된다. 새로움을 구하며 기지개를 켜는 일마저 귀찮아진다. 생활의 타성은 견고하고, 새로움을 찾아 나서기에 근육은 너무 풀어져 있다. 다른 방식의 삶을 기웃거리기 보다는 소파의 안락함에 길들여져 가는 시간을 감사하게 받아들인다.

그런데 송도 해변으로 산책을 간 어느 날, 지는 해를 안고 항해를 떠나는 화물선을 보았다. 누리는 편안함이 피곤함의 뒷면에 놓인 안락함이 아니라 같은 면에 놓인 불편함임을 알았다. 살아온 날들이 늘 편안하면 불편했다. 키보다 높이 쌓인 폐휴지로 하루의 음식을 사는 노인의 리어카와 가족의 문화생활까지 보장받는 내 노동의 가치를 비교하면 편안한 오늘이 불편했다. 고공농성 중인 노동자의 모습을 '위하여'를 외치다 뉴스 화면으로 만났을 때는 어떠했던가. 불판 위 삼겹살이 불편해 슬그머니 회식 자리를 빠져 나오기도 했었다. 물론 그 때에도 나는 리어카를 밀어주지 않았었고, 노동자를 지지하는 온라인 서명에 참여하지 않았다. 이른바 심정적 지지를 보내는 것으로 나름 최선을 다한다고 믿고 있었다. 그러면서도 외롭고 쓸쓸한 것들, 가난하고 소외받는 이웃들에게로 향하는 나의 연민을 대단한 것인 듯 소중하게 껴안고 있었다. 반성 없는 날들이 습관적으로 이어졌다. 분노로 진행하지 않는, 자기만족적인 연민에 대한 부끄러움도 사라졌다. 하루하루는 편안했다. 일상의 편안함이 부끄러움과 불편함을 충분히 잊게 하던 시절이었다. 시간에 모든 것들이 길들여지고 편안함과 불편함에 대한 구별마저 부질없어 보였을 때, 상투적인 사고와 행위들이 불편해지기 시작했다. 이웃에게 보내는 가벼운 동정과 더 나은 세상을 향한 진정성 없는 몸짓이 습관성 자기위안임을 깨닫기 시작했던 것이다.

이 모든 것들과 이별해야 한다는 조바심이 찾아왔다. 그러자 '떠나라 머물지 말고 떠나라.'는 문장이 주문처럼 떠오르고, 김수영의 시 「파밭에서」를 자주 읽게 되었다.

> 먼지 앉은 석경 너머로
> 너의 그림자가
> 움직이듯
> 묵은 사랑이
> 움직일 때
> 붉은 파밭의 푸른 새싹을 보아라
> 얻는다는 것은 곧 잃는 것이다

일상의 편안함이 안락도 아니고 견디기 힘든 불편함도 아닌 삶임을 깨닫고 벗어나려 했을 때 가장 손쉬운 선택이 여행이었다. 그럴 때면 지리산을 찾았다. 지리산 주변의 여행과 일박이일의 산행은 도시의 번잡에서 벗어날 수 있는 돌파구였다. 그런 떠남은 점점 간격을 줄이면서 되풀이 되었고, 현재의 상태를 바꾸어야 한다는 막연함은 구체적 옷을 입기 시작했다. – 살아온 고향을 떠나서 타지로 가서 새로운 삶을 산다. 직장을 버리는 것이 지금의 삶의 방식과 가장 확실하게 절연하는 방법이다. 그러나 낯선 곳에서 사람들과 어울리기 위해서는 직장이란 교두보가 필요하다. 새로운 환경에 부딪칠 사전 준비는 안 하지만, 익숙하지 않은 곳에서 스스로 단련될 것이라는 마음 하나는 단단히 준비한다 – 그렇게 마음이 정리되자 서둘러 이사를 했다. 가는 곳은 지리산 부근, 가서 할 일은 파밭을 가꾸는 일로 정했다. 가끔 찾아오는 이들은 묻는다.

구체적인 계획을 가지고 부산을 떠났느냐고. 그러면 나는 그 답으로 지리산의 기운과 김수영의 시가 길잡이였다고 이야기한다. 찾아온 이가 그립던 벗이었을 때 그는 웃으며 어깨를 친다. 그리고 읍내에서 우리는 막걸리를 마신다. 집에서 잠을 청하는 이가 궁금증으로 찾아온 손님일 때, 그는 쓴 소주 탓인지 내 답변에 얼굴을 찌푸린다. 지나가다 우연히 들렀다는 사실을 반복하며 담금주를 탐하는 이는 땅의 크기와 집의 건평에만 관심 있고 눈앞에 펼쳐진 지리산에서 불어오는 바람소리와 내 이야기에는 귀를 열지 않는다.

부산에서 오십여 년을 살다가 느닷없이 얽히고설킨 사람 인연이 없는 함양으로 귀촌한 이유를 나름대로 정직하게 이야기하다보니 말이 많다. 프랑스의 문학평론가인 르네 지라르의 경구를 떠올린다.

길은 끝나고 여행은 시작되었다.
여행은 끝나고 길도 끝났다.

이렇게 해석한다. 여행을 하고자, 혹은 길을 떠나고자 하는 자에게는 물리적인 길, 경험의 길, 진리를 향한 가르침의 길인지를 막론하고 기존의 길로 가는지 미답의 길을 개척하는지의 여부는 중요하지 않다. 어떠한 길이든 선택만이 중요한 것이다. 결국은 자신의 발걸음들의 흔적이 모여 자신의 길을 만들기 때문이다. 그러니 여행자에게 필요한 것은 떠나려는 의지와 실행하는 결단만이 중요하다. 떠나지 않으면 '방'에 주저앉는 것이고 떠나면 삶의 새로운 '길'을 여는 것이다. 그러기에 떠남을, 새로운 시작을 꿈꾸지 않는 순간, 우리의 삶은 출발의 기쁨과 생명의 환희를 잃어버린다.

터잡기

수렵사회에서 벗어나 정착지를 형성한 농경사회의 인간은 굶주림에서 해방되었고 자연과 동물들의 위협에서 벗어나 점점 안전한 생활을 유지하게 된다. 그때부터 자연에 의해 한정되어 있는 물질적 부를 타인보다 더 가지려는 욕망에 사로잡힌다. 당연히 부의 크기를 넓히기 위한 노동은 생존과 놀이를 위한 것이 아니라 소유를 목적으로 소모되어 노동의 가치와 즐거움을 잃어버린다. 특히 근대 이후 자본의 확장은 부의 생산에 부수적인 역할만 한다고 노동의 가치를 폄하해 버린다. 노동에 근거하여 삶을 유지하는 대다수 인간의 소외가 절정으로 치닫는 것이다. 근대에서 비롯된 노마드적인 삶에 대한 동경은 이런 환경에서 비롯된 것이다. 그러나 누가 쉽게 정착지를 떠날 수 있을 것인가. 부의 생산과 분배가 정의롭고 활발하게 이루어지는 옆 마을이 있다면 떠날 수 있을 것이다. 그런데 둘러보면 한국사회에 그런 마을은 없다. 있는 곳은 공동화가 급속히 진행된 가난한 마을들뿐이다. 생활을 꾸려가기 위한 최소한의 생계비도 벌 수 없는 농촌과 어촌이 우리 곁에 있는 옆 마을이다. 그러니 농민수당 -현재까지는 전남 해남군에서만 일 년에 육십만 원이 주어진다. -에 목줄을 걸고 있는 농민이 다수인 마을로 가는 이삿짐 차에 누가 쉽게 올라탈 것인가. 늙을수록 병원 가까이에서란 푸념으로 시작하여 시골 인심이 옛날과 달라요, 문화적인 욕구 충족을 할 수 없을 뿐 아니라 물가가 오히려 비싸요. 도시인들은 떠나려는 이웃에게 그렇게 충고한다. 그들 또한 떠나고 싶어서 농촌 사정을 요리조리 살펴본 것이다. 떠나려고, 도시의 매캐한 저녁 먼지에서, 생선 비린내와 자동차의 매연이 묘한 조합을 이루는 비 온 뒤의 거북한 냄새에서 벗어나려고 하였을 것이다. 그럼에도 떠남이 어디 쉬운가. 그 동안 쌓았던 모든 익숙함을 버리는 일은 누구에게나 힘든 일이다.
그러나 그런 이웃들에게 작별을 알려야 한다. 거친 산행 다음 날 천왕봉 해돋이의 웅혼함을 보았고, 김수영을 읽으며 언어를 통한 세상의 전복을 꿈꾼 소중한 기억들이 새로울 때 떠나자. 기억마저 아스라하게 사라지면 남는 것은 비루한 오늘뿐이다. 낯선 곳에서의 정착도 결국은 다른 여행지로 가기 위한 일시적인 기착지로만 여기면 그만이다. 마음에 들지 않으면, 혹은 현재의 안일에 물들어 살고 있는 나를 발견하면 또 거기서도 떠나자. 여행 하듯이.
그래서 온 이곳에 아직 머물고 있다. 팔년 째.

고추 농사 짓기

고추가 다르게 보였다. 새롭게 보였다, 라고 표현하면 좋을 텐데, 그렇게 하면 거짓 고백이 되기 때문에 다르게, 라고 고쳤다. 언제 한번 고추를 제대로 본 적이 없다. 도시에서는 그 모양이나 색깔을 눈여겨보지 않았다. 그저 요놈은 맵겠거니, 이놈은 싱겁겠지, 하고 된장에 찍을 때의 맛만을 고려해서 놈을 평가한 것이 전부였다. 그러니 '새롭게'보다는 '다르게'가 올바른 표현이 된다. 귀촌한 이야기를 한다는 게 부담인 모양이다. 가장 무난하다는 고추 농사를 먼저 내세우니.
정답이 없는 것이 농사를 잘 짓는 방법이다. 그래서 농사를 짓는 이들은 저마다의 경험을 정답으로 삼는다. 그러니 본격적인 전업농의 길을 걸을 작정이라면 모르지만, 농촌 터줏대감들을 모범으로 삼거나 농업지도소의 가르침에 따르지 않는 것이 정신 건강에 좋다. 자신의 밭에 경작을 하는 목표가 '돈'을 생산하는 일이 아니라면 농사를 좀 편안하게 바라보았으면 좋겠다. 처음으로 잡아보는 삽과 호미가 아닌가. 우선 땅과 친해지고, 육체가 땀 흘리는데 익숙

해질 때까지는 천천히 시작하는 게 좋다. 그런 의미에서 농사 중에 쉬운 농사의 하나는 고추 농사다. 물론 내 방식이 그렇다.

봄날 장에 가서 모종을 산다. 시골 장이니 당연히 오일장이다. 오일장이니 장날만 문을 여는 국밥집이 있다. 주로 순대 국밥을 판다. 소고기 국밥을 팔면 좋을 텐데 하는 아쉬움을 안고 소주에 곁들여 국밥을 비우면 마지막 버스 시간이다. 저녁이 다가오니 모종 심는 일은 내일로 미룬다. 내일이 모레가 되고 모종이 시들기 시작한다. 이런 큰일이군. 서둘러 풀에 뒤덮인 땅에 삽질과 호미질을 번갈아 한다. 제법 꼴을 갖춘 밭이 나온다. 고랑도 있고 이랑도 있다. 심는다. 바라만 보아도 흐뭇하다. 푸른 고추밭.

고추가 붉게 익기를 기다린다. 무작정 기다릴 수 없기에 남들 흉내를 낸다. 지줏대를 세우고 끈을 묶는다. 보름쯤 지나면 연두다. 손가락 크기만 한 것들이 키를 키워 연둣잎을 매단다. 지금이다. 봄맛을 알고 싶으면 그 잎을 따서 된장과 참기름에 무쳐야 한다. 세상에 막 고개 내민 작은 생명을 바로 따먹다니, 하던, 일말의 양심은 이미 편안하게 밥 한 공기와 어울려 소화되고 없다. 그리고 흐르는 구름 몇 번 쳐다보고 나면 잎은 초록으로 변하고 작은 고추가 앙증맞게 매달린다. 잠시 신기하다. 앙증맞던 것이 점차 모양을 갖춰가면 고추밭은 머리 속에서 사라진다. 너른 밭에 심어둔 토마토, 오이, 양파 등등이 손길을 기다리기 때문이다. 고추는 밭 임자가 저를 떠올리지 않고 있어도 무탈하게 봄을 넘기고 여름을 맞는다. 탄저병이 와도 어쩔 수 없다. 약 안 치는 것으로 농사법을 정했기 때문이다. 농약 치지 않아도 살아남는 놈은 있다.

간혹 찬거리로 삼기 위해 고추밭에 들어가면 어느새 초록밭은 진초록밭으로 변해 있고 그 사이사이에 하얀꽃이 피었다 졌다 한다. 그리고 가을 초입에 들어선다. 아직 여름볕의 후광을 입고 있을 그즈음에 고추를 따서 말려야 한다.

볕이 시들면 고추도 시들어 버린다. 고추 말리는 일이 바로 일이다.
세척한 후에 이틀 정도 숙성 시킨 다음 건조기에 넣고 찐 후 하루 정도 태양볕을 보게 하면 완성된다. 태양초라는 이름을 달고 시중에 판매되는 것들이 생산되는 과정이다. 그러나 다른 이들이 부지런을 떨며 만든 길을 따라 가지 않겠다는 부질없는 고집으로 나는 살며 농사를 짓는다. 고추 말리기도 마찬가지다. 나름의 전통적인 방법을 택한다. 전통적인 방법인지는 확실치 않지만 옛날에는 건조기가 없었을 테니 당연히 이러했으리라고 믿는다. 과정은 이렇다.
고추가 매달려 익을 때의 빛깔은 시간에 따라 달라진다. 익기 시작한다는 신호는 옅은 주황이다. 얼추 익었다는 표시는 투명 분홍이다. 따야 한다는 알림은 진붉음이다. 색상대비표와는 무관한 내 나름의 색상 표시이다. 내 밭에서 내 손에 의해 생산된 것에 내 나름으로 빛깔을 명명하는 것이 자연스럽다.

뙤약볕에 따서는 하룻동안 어두운 곳에서 숙성시키고 다음날 마당에 검은 포를 깔고 고추를 넌다. 비가 오면 물론 걷는다. 밤에도 이슬 내릴 테니 걷는다. 펴고, 늘고, 걷는 일을 일주일 반복한다. 열 근만 해도 이게 반복 작업이니 여간 성가신 것이 아니다. 그런데 그 귀찮음과 수고로움을 잊게 해주는 것은 변해가는 빛깔이다. 진붉음에서 딴 녀석들이 햇볕 아래 따끈해진 마당 위에서 이삼일 익으면 진붉음이 검은빛을 지닌 붉음으로 변한다. 다시 이삼일 지나면 진붉음을 관통하는 투명이 발해져 고추자체가 발광체가 된다. 그때 껍질을 누르면 반발력이 강해져서 통통 튀는 느낌을 준다. 이후 하루만 더 말리면 고추를 자루에 쓸어 담는다. 잘 마른 고추들이 부딪칠 때는 찰그랑거리는 소리가 난다. 다행이다. 비가 오지 않아 빛깔과 감촉, 소리가 완벽해진 황금태양초가 완성된 것이다. 비가 왔다면 온돌방에 불을 피우고 아랫목에 모셔야 하고, 방에서 나올 때는 제대로 건조되지 않은 것들 한 무더기를 버려야 한다. 지독한 아픔이다. 그러니 비 오고 안 오고, 햇살 따갑고 아니고는 고추 말리는데 필요충분조건이다. 그 필요충분조건과 반복의 수고로움 끝에 완성된 고추를 빻고 나면 그때부터 또 문제가 생긴다. 붉은 색의 정수라 할 수 있는 고춧가루의 유혹이다. 그저 숟가락으로 퍼먹고 싶어진다. 유혹을 참지 않으면 목이 타는 고통을 겪어야 한다는 정도는 알기에 숟가락 흡입은 미루고 라면을 끓여서도 한 숟가락 넣고, 아욱국에도 한 숟가락 넣는다.

그렇게 탄생한 자랑스러운 황금태양초 고춧가루는 예쁜 병에 모셔져 부엌 찬장의 맨 앞줄에 선다. 커피와 꽃차 사이에 놓인다. 자랑스러운 장식품이다.

나누기

고추농사의 즐거움과 그 결과물에 대한 자랑을 어느 자리에서 늘어놓았다. 그러자 참석한 사람 몇이 간절히 그 고춧가루, 황금태양초고춧가루를 조금 주면 귀하게 보관하면서 맛을 음미하고 싶다고 했다. 음미, 음식에 대한 대단한 존경의 표현을 고춧가루에 사용하다니 바로 한 근 퍼주고 싶었다. 그러나 망설일 수밖에 없었다. 기껏해야 스무 근 남짓의 수확물을 여러 명에게 나누어 주면 김장할 것도 남지 않는다. 주지 않기로 했지만 마음이 개운하지 못했다. 시골살이는 나눌 것이 많아서 좋은데, 그걸 혼자 사용하기 위해 욕심을 내다니, 시골살이 헛하는 게 아닌가 말이다.

며칠 전만 해도 곶감 만드는 김씨가 요건 고종시, 이건 대봉, 그건 중시하면서 감 종류별로 맛을 보라면서 감 삼백여 개를 주고 갔다. 또 얼마 전에는 전장군이라 불리는 버섯 재배하는 후배가 첫 버섯이라며 새느타리버섯 두 봉지를 마루에 던져 놓았다. 지난 추석 무렵에는 올해 배 농사 망쳤다하면서도 용택이 동생은 차례상에 쓰라고 조생종 배 한소쿠리를 실어다 주었다.

그래서 우리 부부도 시골스럽게 살자고 마음을 바꿔먹었다. 고춧가루로 고추장을 담아 여러 사람과 나누기로 하였다. 김장고춧가루는 이웃마을에서 저농약으로 농사짓는 한살림 모임의 것을 사기로 하였다.

고추장 담그기 이게 여간 어려운 노동이 아니었다. 꼬두밥(술밥) 안치고, 불때고, 찹쌀 밥물 만들고, 엿기름 섞고 하는 아내의 고생이야, 내 몸뚱이 아니라고 모른 체 할 수 있었다. 그러나 쉬지 않고 솥을 휘젓는다고 아리다 못해 마비되는 내 팔목은 너무 불쌍했다. 또 굳어가는 감각을 살리기 위해서 발을 외로 꼬는 일을 반복하는 내 다리도 가여웠다. 고추장은 가마솥에 질금과 밥, 고춧가루 등을 넣고 일곱 시간을 끓일 때 재료들이 골고루 섞이고, 솥에 붙어 굳지 못하도록 계속 주걱을 돌려야 했다. 쉬면 굳어버리고, 솥에 달라붙은 것은 타서 불내를 내기 때문에 계속 저어야 했다. 그것도 같은 방향으로 일곱 시간을 저어보면 누구나 나와 같은 생각을 했을 것이다. 앞으로는 전통적인 방법으로 고추장을 담지 않겠다는 결심을.

그런데 밤에 시작한 일이 새벽에 끝났을 때 기름이 자르르 흐르는 고추장을 왼쪽 새끼손가락으로 찍어서 맛을 보았다. 고추장 맛을 본 순간, 축복이란 말이 떠올랐다. 우리가 먹는 음식 중에 이렇게 숭고하다고 표현할 음식이 몇이나 될까. 숭고한 음식을 맛보고 수시로 먹을 수 있다니 이게 축복 아닌가 말이다.

다음날 맛있는 음식을 혼자 먹지 않고 나누는 시골 법도를 지키기 위해 작은 고추장 병을 열 개 구입했다. 그리고 고추장을 작은 병에 나누어 담았다. 조심스레 떠담았지만 몇 점은 떨어져 바닥에 깔아 둔 신문지에 묻었다. 우리 부부는 그 몇 점마저 얇은 스푼으로 긁어서 그릇에 옮겼다. 이게 어떤 건데 하는 마음이었다.

함양군민 모두에게 줄 수 없어서 몇몇에게만 은밀히 전달했다. 그런데 그렇게 하는 게 아니었다. 여덟 명이 삼일이 안 되어 집으로 찾아왔다. 너무 맛있어서 부모님께 드리니 남은 게 없다면서 또 한 병을 요구했다. 사이가 좋지 않은 며느리에게 자신이 담았다며 보냈더니 갑자기 싹싹해져서 고추장 조금만 더 달라고 하니 체면 좀 챙겨달라며 한 쪽자를 부탁했다. 그래도 그러는 게 아니었다. 요구와 부탁을 다 들어주니 고추장 독은 열흘이 되지 않아 비었다. 바닥을 바득바득 긁으면 두 숟가락은 나오겠지만 그건 기념으로 보관하기로 했다.

그런데 얼마 있지 않아 기념품로 남아 있던 것마저 긁었다. 오랜만에 내려온 딸이 고추장 양념으로 비빔국수를 해 먹자고 했다. 오후였다. 숟가락을 들고 고추장 옹기 두껑을 열었다. 바닥에 붙은 고추장이 아득히 보였다. 그때 겨울 햇빛이 독 안으로 따라 들어왔다. 고추장이 비어 있는 텅빈 독 안은 어느새 환한 빛으로 차오르기 시작했다. 갑자기 아랫배에서부터 따듯한 기운이 일어났다.

유달리 눈이 많이 온 그해 겨울, 아랫마을로 가는 길이 막혀서 며칠 동안 고립되어 있었고, 산자락을 타고 내린 칼바람은 잎 떨군 나무들을 사납게 흔들었다. 그러나 우리는 아랑곳하지 않고, 가을 독을 가득 채웠던 그 햇빛의 기억으로 새 봄을 넉넉하게 기다릴 수 있었다.

최갑진
1992년 《시와 비평》 평론 등단. 『1930년대 귀농소설연구』로 문학박사.
평론집 『문학의 표정 시대의 꿈꾸기』 산문집 『낯선 길을 비추는 오래된 꿈』 등.

소설

혼자 나는 새가 갖추어야할 다섯 가지 조건

유 익 서

(1)

인경의 전화는 뜻밖이었다. 영후는 빙벽 등정 중 예상하지 못했던 장애물을 만났을 때처럼 아뜩하였다. 순간 민수를 너무 오래 잊고 지냈다는 자책감에 가슴이 아렸다. 마칼루에서 실종된 민수의 시신을 찾기 위해 수색대로 나섰다가 실패하고 귀국했던 쓰라린 기억이 상기되자 눈앞이 캄캄했다. 고산병의 엄습으로 손가락 하나 움직일 기력도 없으면서 함께 수색을 계속하겠다고 몸부림치던 제2캠프에서의 인경의 모습이 아프게 떠올랐다. 민수가 추락한 지점에 임시 캠프를 설치하고 3일 동안이나 덕배와 함께 일대를 샅샅이 수색했으나 시신은커녕 끝내 유류품 한 점 발견하지 못하고 철수할 수밖에 없었던 쓰라린 기억도 뒤따라 떠올랐다. 한사코 혼자 히말라야에 남겠다고 고집을 부리던 인경을 달래 귀국하기까지 얼마나 속을 썩고 애를 먹었던가. 다음에 수색대를 꾸려 다시 민수를 찾으러오자는 영후의 간곡한 설득과 굳은 약속에 마지못해 하며 인경은 고집을 꺾고 함께 귀국길에 올랐었다. 귀국 후 자이언트 대원들과 함께 인수봉 자락에 있는 민수의 추모비를 찾은 인경은 그 추모비 앞에서 고개를 숙이고 한없이 회한의 눈물을 뿌렸었다. 그것이 영후가 본 인경의 마지막 모습이었다. 1차 마칼루 원정 때 그곳 세랙(serac, 氷塔) 지대에 누워 설산의 독수리와 영원한 벗이 된 김민수. 그의 이름과 짤막한 추도문이 음각된 윤기 없는 오석(烏石) 앞에서 눈물을 뿌리고 쓸쓸히 헤어진 것이 벌써 7, 8년 전의 일이었다.

"영후씨, 저 인경이에요."

아, 강한 전류 같은 것이 전신을 훑고 지나갔다.

"K2 등정에 성공했다는 소식, 신문에서 봤어요. 몸 풀렸으면 한번 만났으면 해요?"

반색을 해야 했는데, 인사 한마디 제대로 하지 못하고 허둥거렸다. 경황없이, 인경이 지정한 시간에 광화문 카페 안나푸르나로 나가겠다고 대답하고 전화를 끊었다. 전화를 끊고도 한동안 꼼짝 할 수 없었다. 이마를 쓰다듬은 그의 손에 진땀이 묻어났다.

수족관에 들어선 것처럼 카페 안은 서늘했다. 벽을 따라가며 유리로 된 방이 몇 칸 잇대어 있었다. 홀 가운데는 통나무 탁자가 은은히 간접 조명을 받으며 가로놓여 있고 그 앞에는 방석이 깔린 통나무 재질의 낮은 의자들이 놓여 있었다. 귀에 익은 모차르트 4중주곡이 잔걸음으로 홀 안을 종종거리고 있었다.

먼저 온 인경은 유리방 안에 앉아 담배를 피우고 있었다. 커피 잔은 이미 비어 있었다. 재떨이에는 몇 개의 꽁초가 뒹굴고 있었다. 영후는 부지불식간에 팔목의 시계를 보았다. 약속 시간에서 겨우 1분 정도 지나 있었다. 영후는 인경의 시선을 온몸으로 느끼며 그녀의 맞은편에 거북하게 앉았다. 마주 앉은 순간 7, 8년이란 시간의 부피가 육중하게 가슴을 짓눌러왔다.

"전화를 오랫동안 망설였는데, 막상 통화를 하고보니 견딜 수가 있어야지요. 그래서 먼저 나왔어요."

그 동안 연락 한번 하지 않은 것이 죄밑이 되어 영후는 말문이 막혔다. 연락을 하지 않은 것은 괴로운 기억을 상기하지 않으려는 방편이기는 했다. 만나봐야 서로 위안이 되기보다 고통이나 되작이게 될 것을, 어찌 서로를 괴롭히는 짓을 할 수 있겠는가, 그런 생각이 없지 않았다. 그렇지만 세상 일이 어디 꼭 그렇기만 하겠는가. 어쨌든 연락을 두절하고 지낸 것은 잘한 일이 아니었다. 하기야 종종 인경의 근황이 궁금하기는 했다. 그녀의 행방을 알고 싶은 충동을 느낄 때도 있었다. 그럴 때마다 무엇인가 검은 기운이 매번 그 충동을 가려버리고는 했다. 실체를 알 수 없는 그 검은 기운은 완강했다. 인경과의 연락두절에 내심 안도하고 지내온 자신이 민망스러웠다.

뜻하지 않았던 인경의 전화, 긴 세월, 망설임 그런 헛헛한 기운이 가슴속에 서늘한 바람을 일으키며 지나갔다. 영후는 안부를 물었다. 인경은 잘 지내고 있다고 대답하며 미소를 지었다. 낯익은 미소가 도리어 영후는 불편했다. 저 미소 뒤에 무슨 감정을 숨기고 있는 것일까. 인경은 새 담배에다 불을 댕겨 연기를 피워 올렸다. 담배가 반 정도 타들어갈 때까지 아무 말이 없었다. 영후가 먼저 무슨 말을 꺼내기를 기다리는 것인지, 할 말을 속으로 가다듬고 있는 것인지 종잡을 수가 없었다. 인경의 침묵 앞에 영후는 막막했다. 그의 머릿속에 산이 가득 펼쳐졌다. 타조처럼 거칠고 빠른 발을 가진 돌풍이 뭉게구름처럼 설분(雪粉)을 일으키며 내닫는 설산이, 올라가야 할 루트는 눈을 부릅뜬 마왕이 몽둥이를 들고 앞을 가로막고 있고, 내려가는 루트 역시 도무지 천사의 도움을 기대하기 힘든 수천 길의 깎아지른 듯한 험난한 빙벽, 진퇴양난의 빙벽에 붙어 신뢰가 가지 않는 불안한 홀드에 자일을 걸고 아이젠의 발톱으로 빙벽을 찍어 누르며 겨우겨우 몸의 균형을 유지한 채 전전긍긍하고 있을 때와 다름없었다.

(2)

영후는 사고 당시의 기억이 흐릿했다. 그 기억은 맞추기 힘든 퍼즐처럼 혼란스러웠다. 가능하다면 그 기억을 지워버리고 싶었다. 사고 당시의 상황은 대처할 방법이 지난했다. 세 차례의 정상 도전에 실패하고 본부의 철수 지시를 받고 하강을 시작했으나 몸에는 이미 한 방울의 힘도 남아 있지 않았다. 자일에 의지해 겨우 아이젠으로 빙벽을 찍으며 한 발 한 발 내려딛는 영후의 팔과 다리의 기력은 이미 쇠잔해 있었고 몸은 돌덩이처럼 굳어갔다. 감각은 물론 의식도 먼 산 뒤로 사라져가는 메아리처럼 멀어져갔다.

판단 기능이 마비된 후 영후는 몸의 사정에 따를 수밖에 없었다. 숨이 차면 희박한 산소를 들이켜기 위해 한껏 코를 벌름거렸고, 발이 빙벽에서 떨어지지 않을 때는 한참 동안씩 힘없이 서서 버텼다. 다시 정신을 가다듬은 영후는 오른발 아이젠이 벗겨지고 없는 민수가 딛을 스텝을 만들며 한 피치 한 피치 조심스럽게 내려왔다. 발 딛을 스텝을 얼마나 만들었을까, 이윽고 한 피치의 지점에 이른 것인지 자일이 팽팽해졌다. 영후는 위를 향해 내려오라고 외쳤다. 민수의 응답이 없었다. 다시 더 크게 외쳤다. 역시 아무 응대가 없었다. 오버행에 가린 것인가, 민수가 보이지 않았다. 다시 민수를 부르며 영후는 자일을 흔들며 당겼다. 어찌 된 영문인지 자일이 힘없이 스르륵 당겨졌다. 카라비너에 의해 민수와 엮어져 있어야할 자일이 힘없이 미끄러져 내려와 낭떠러지 아래로 툭 떨어졌다. 영후는 자신도 모르게 들고 있던 나이프를 내동댕이쳤다.

나이프는 발아래 아득한 크레바스 지대로 떨어졌다. 그 금속성이 아련히 귓전을 스쳐갔다. 순간 영후는 몸을 부르르 떨었다. 일시 머릿속이 암전되며 모든 상념과 기억이 지워졌다. 아무리 의식을 뒤적여봐도 자신이 나이프로 자일을 끊은 기억은 없었다. 그런데 왜 손에 나이프가 들려 있었는지 모를 일이었다. 나이프는 아이스하켄을 박고 자일을 고정시키거나 스텝을 만드는 데 필요한 도구가 아니었다.

전후 사정을 따져 봤으나 아무래도 모를 일이었다. 어느 순간부터 자신이 나이프를 쥐고 있었는지, 그렇지 않은지 확신이 없었다. 자일이 미끄러져 내려와 낭떠러지 아래로 툭 떨어지고 민수가 보이지 않자, 자신의 손에서 나이프를 환각처럼 본 것이 아닌가, 그리하여 의식이 나이프를 부랴부랴 크레바스 지대로 버린 것이 아닌가, 그런 의구심이 들었다. 영후는 사고 당시를 돌이켜 보고 싶지 않았다. 자신의 기억보다 신문기사나 덕배의 글을 통해 사고 당시의 정황을 더 소상히 알게 된 것으로 믿고 싶었다. 자신의 기억을 신뢰할 수 없는 대신 신문 기사나 덕배의 글이 더 믿음직스러웠다.

사고 당시 베이스캠프에서 망원경으로 공격조의 일거수일투족을 체크하고 있었던 덕배는 사고 전말을 마치 손금을 들여다보듯 환히 알 수 있게, 자신의 추측까지 보태가며 꼼꼼히 묘사하여 월간 '산'지에 게재했었다. 인경도 아마 신문 기사와 덕배의 글을 읽고 사고 당시의 정황을 파악하고 그대로 믿고 있으리라. 그렇지 않고서야 사고 현장에 있었던 영후에게 어찌 지금까지 한마디도 묻지 않고 있었겠는가. 아니면 자일 파트너를 빙산에 묻고 혼자 돌아온 이쪽의 아픈 데를 건드리지 않으려는 배려에서였던가. 어쩌다 사고 당시의 정황을 인경이 물어오면 자신이 믿고 싶지 않은, 자신의 기억대로 다 말하게 될까봐 영후는 내심 두려웠다. 그래서 인경이 먼빛으로만 보여도 가슴이 두근거리고는 했다. 그런데 이렇게 두 사람이 마주 앉아 있는 지금, 사고 당시의 정황을 세세히 따져 물을까봐 속으로 긴장의 끈을 놓지 않았다.

어쨌든 덕배의 글은, 살아온 자의 비겁을 용기로 대체하여 옹호하며 희생자의 용기를 칭송하는 배려로 충만해 있었다. 그러나 덕배의 각별한 옹호에도 불구하고 영후는 그때의 일만 상기되면 고통스러웠다. 사람들은 한결같이 영후의 '어쩔 수 없었던 불가피한 상황'을 이해하고 격려하며 그 악몽으로부터 벗어나도록 도우려고 애를 썼다. 주위의 그런 배려가 영후는 도리어 부담스러웠다. 누군가 '혼자 살아 돌아온 자'의 비겁을 맹렬히 질타하기라도 했다면, 마구잡이로 욕을 퍼붓고 때리고 짓밟아 주기라도 했다면 도리어 후련했으련만, 그런 충동을 느끼기도 했다.

(3)

작은 산새 한 마리가 바로 지척의 오리나무 가지에 앉아 울고 있었다. 청을 뽑아올릴 때마다 갈잎 빛깔의 작은 몸통이 진동하였다. 꼬리 깃을 치켜 올리며 온몸으로 청을 뽑아 올리는 것이 힘겨워 보였다. 저토록 애타게 노래 부르지 않으면 안 되는 까닭이 무엇일까. 어디서 날아왔는지, 이제 어디로 날아갈 것인지, 철이 바뀌면 또 한 철을 보낼 곳을 찾아, 아주 먼 고장으로 날개가 지치도록 고달픈 여행을 계속 이어가지 않으면 안 되는 것이나 아닌지, 볼수록 안쓰러웠다. 갈잎 빛깔의 작은 산새는 문득 노래를 그쳤다. 날개를 펴더니 후르륵 날아 소나무 가지 사이로 모습을 감추었다. 작은 산새가 모습을 감춘 순간 정적이 쨍 귀청을 울렸다. 산새의 종적을 더듬어 소나무 가지 사이를 살피던 인경의 눈에 인수봉 동편 벽이 그림을 오려붙인 듯 띄엄띄엄 바라보였다. 눈에 익은 취너드A 코스와 우정길C 코스가 식별되었다. 암벽 군데군데 록 클라이머들이 거미처럼 붙어 있던 주말과는 달리 주초라서 그런지 한 사람도 보이지 않았다.

이윽고 인경은 걸음을 내딛었다. 몇 차례 산굽이를 돌아나가거나 비탈길을 오르내리던 인경은 급기야 암벽 아래에 이르렀다. 고개를 뒤로 제켜 눈이 닿는 데까지 암벽을 쳐다보았다. 일순 머리에서 발끝까지 전율이 훑어 내렸다. 너무 오랜만이어서 하켄을 박으면 암벽이 자신을 거부하지 않을까. 쓰다듬고 달래고 어르며 신중히 접촉을 시도해야 하리라. 잠시 암벽을 탐색하던 인경은 '하늘길'과 '동양길' 코스를 염두에 그리며 바위에 붙었다. '하늘길'과 '동양길'은 이미 여러 번 올랐던 코스였다. 어디에 어떤 암장이 있고 어떤 장애가 있는지 머릿속에 선명히 새겨져 있는 익숙한 코스였다. 어디쯤에 하켄을 박고 확보물을 설치해야할지, 몇 피치 올라가면 바람의 기운이 달라진다든지, 어디쯤에서 돌아다보면 수유리의 집들이 장난감처럼 아득히 내려다보인다든지, 다 알고 있었다. 아무리 친숙한 코스라도 그러나 일단 암벽에 붙으면 팽팽히 긴장되었다. 방심은 금물이었다. 긴장과 조심만이 슬립을 예방했다. 자일에 몸을 의지하고 있다 해도 작은 부주의로 5미터 가량의 추락만으로도 치명상을 입을 수도 있었다. 익숙한 코스에서의 사고는 방심이 그 원인이었다. 인경은 오래전 암벽타기 훈련과정에서 귀에 못이 박이도록 들었던 민수의 주의사항을 다시 상기하며 암벽을 오르기 시작했다.

낯익은 동작의 반복 때문인가, 얼마 오르지 않아 의식을 벗어버린 몸이 스스로 자유롭게 움직이기 시작했다. 의식이 조종하지 않아도 몸이 스스로 알아서 이동하였다. 모든 촉수가 자동 조절된 인경의 몸은 바위와 자연스럽게 조화를 이루었다. 순간 친숙한 그러나 만나기 쉽지 않은 고양감이 온몸을 짜릿하게 타고 흘러내렸다. 박하향보다 더 감미롭고 신비로운 이런 정신적 감각을 만나기 위해 위험을 무릅쓰고 바위를 타는 것이겠거니, 낯익은 기억이 되살아났다. 그 낯익은 옛 기억에 겹쳐 민수의 모습이 떠올랐다. 그리고 조금 전 그의 이름 석 자와 그의 '산사랑'을 나타낸 짧은 문장을 새긴 추모비 앞에 서서 그의 부재를 원망했던 순간이 떠올랐다.

그해 여름, 방학 동안 인경은 중앙도서관에 붙박이로 지냈었다.

학과 공부에 등한했던 인경은 유학을 앞두고 어학 공부가 시급했다. 유학 준비를 위해 어학원에 등록을 하고 낮이면 도서관에 틀어박혀 어학공부에 매달렸다. 그날도 중앙도서관에서 공부를 하고 나오던 길이었다. 4 · 19탑을 지나 자유관 쪽으로 내려오던 인경은 문득 걸음을 멈추었다. 자유관 벽에 거미처럼 사람이 붙어 있었다. 로프를 타고 바람처럼 가볍게 벽을 올라간 그 괴이쩍은 사람은 7층 유리문 안으로 쏘옥 들어갔다. 며칠 후 비슷한 시간에 도서관에서 내려오던 인경은 자유관 벽에 붙어있는 그 괴이쩍은 사람을 다시 목격했다. 바람처럼 가볍게 벽을 타고 올라간 그 사람은 전날처럼 7층 유리문 안으로 냉큼 사라지고 말았다. 그가 사라진 7층 유리문을 멍하게 쳐다보고 있는 사이 무슨 응답처럼 그가 상체를 나타냈다. 재빨리 로프를 감아올린 후 그는 다시 안으로 모습을 난딱 감추고 말았다.

그가 사라진 유리문을 한동안 쳐다보고 있던 인경은 도서관에서 낯을 익힌 한 학생으로부터 자유관 벽을 타고 오르내리는 그 괴이쩍은 인물의 신상명세를 어렵지 않게 알아낼 수 있었다.

그 친구는, 김민수라는 이름을 가진 신문방송학과 학생으로 이념 서클에도 열심이지만 교내 산악회 리더로 활동하고 있으며 록 클라이머로서의 실력은 사회 전문가들로부터도 널리 인정받고 있다고 했다. 그림에도 특출해 전국 대학 미전에서 장관상을 수상하기도 한 유명 짜한 인물이라는 것이었다. 이슈가 발생할 때면 이념 서클의 학생들이 그를 필요로 했고, 이념 서클에서 필요로 할 경우 기꺼이 포스터를 그려주거나 현수막의 글씨를 써주기도 했으며, 백두대간 종주를 마치고 알프스 원정도 다녀왔다는 것이다. 붕괴를 우려하여 노후한 자유관을 학교 당국에서 폐쇄하자 그 맨 꼭대기 층에 둥지를 틀고 기거하고 있는데 그가 그 둥지에 틀어박혀 무슨 짓을 하고 있는지 모두들 궁금해 하고 있는, 기이한 물건이라는 것이었다.

호기심이란 이성을 마비시키는 것인가. 관심의 촉수가 그에게로 뻗어가자 도서관에 앉아 있는 것이 인경은 힘들었다. 책을 봐도 눈에 잘 들어오지 않았다. 수백 수천 마리의 개미떼가 새카맣게 벽을 타고 오르는 형상이 시야를 가려왔다. 견딜 수 없게 된 인경은 마침내 작정을 하고 자유관으로 통하는 오솔길에서 그를 기다렸다. 하루 이틀 허송했으나 물러서지 않았다. 품은 뜻을 이루려면 반드시 인내라는 대가를 지불해야만 함을 일찍부터 터득하고 있던 인경은 조급해하지 않고 길목에서 그를 기다렸다. 인내심이 주요했던지 3일째 되던 날 드디어 그의 발목을 낚아챌 수 있었다. 4· 19의거 기념탑이 있는 잔디공원 기다란 목제의자에 앉아 있던 인경의 눈에 자유관 벽을 타고 다람쥐처럼 쪼르르 내려오는 그의 모습이 들어왔다. 벌떡 일어난 인경은 청룡호수 쪽으로 돌아가려는 그에게로 급히 달려가 앞을 가로막았다.

"아, 잠깐만. 혹시 세상을 장난감 정도로 여기는 것 아닙니까?"

말을 붙이며 재빨리 그를 뜯어보았다. 머리 위의 청명한 하늘이 그의 눈동자에 고여 있었다. 길고 선명한 콧날은 얇은 입술과 함께 어딘지 세상에 대한 의견이 많은 이지적인 인상을 던졌다. 군살 없이 쪽 빠진 몸 구석구석에 벽을 타고 오를 때의 날렵한 동작이 잠복해 있으리라.

민수는 반사적으로 주위를 둘러봤다. 두 사람을 눈여겨보고 있는 사람은 없었다. 경계하는 눈빛으로 상대를 살폈다. 혹시 세상을 장난감 정도로 여기는 것 아닙니까? 도발적이었다. 그렇다고 할까, 아니라고 할까, 망설이는 순간 여자가 먼저 입을 열어 말머리를 돌렸다.

"벽을 오르는 모습이 오만해 보였어요."

청바지에 타이트한 티셔츠 차림인데도 몸매의 굴곡이 드러나지 않고 음전해 보였다. 어딘가 감정보다 이성을 중시하는 깐깐한 인상이었다. 이런 인상의 여자가 낯선 남자에게 말을 걸다니, 의아스러웠다. 그러나 얼굴 가득 피어 있는 우호적인 미소가 경계심을 풀어주었다.

"벽을 오르는 모습이 오만해 보였다니, 어쩐지 나쁘게 본 것 같지는 않습니다."

"그럼요. 어디 흔한 일인가요. 저런 사람한테는 무슨 일이든 세상이 다 져줄 수밖에 없겠다, 저는 그런 생각이 들더군요."

"그래요. 아름다운 여자 분에게서 그런 우호적인 말을 듣다니 뜻밖입니다. 대개 무모한 별종쯤으로 여기며 멀리하기 마련이던데……."

"여자 친구가 많은 모양이지요."

"우리 과에 열 명쯤의 여학생이 있답니다. 그들이 저를 괴이쩍은 놈으로 치부하고 있답니다. …혹시 무슨 임무를 띠고 온 사자(使者)는 아닌가요?"

"사자라니요?"

"가끔 모처에서 제게 사람을 보내 도움을 청할 때가 있거든요."

"모처에서요?"

"학생회관 5층에 입주해 있는 여러 곳에서 가끔 제게 용건이 있다고 초빙하고는 한답니다."

겸연쩍은 듯 개구쟁이 같은 표정을 지으며 웃었다. 학생회관 5층에 입주해 있는 여러 곳이라면, 즉 학생회와 여러 서클룸을 지칭하는 것이리라. 인경은 웃음 짓지 않을 수 없었다.

"아닙니다. 저는 어떤 서클에도 가입해 있지 않은 평범한 학생입니다."

"다른 어떤 것보다 자기 자신을 사랑하는 분이군요. 세상과 친해지기 위해서 치러야 하는 대가를 지불하고 싶지 않은 사람들이 대개 그러지요. 세상에 맞서면 상처입기 마련이라 생각하는 소극적인 사람들을 비난할 마음은 없습니다만……."

빈정거리는 말투가 거슬릴 법도 한데, 그러나 자신의 말에 대한 응대로서 아주 적절한 것 같아 그를 탓하고 싶지 않았다.

"상처를 많이 입은 사람처럼 말하는군요."

"요즘 우리가 견뎌내고 있는 세상이 그렇지 않은가요. 생각하기 나름이지만, 그 상처를 도리어 보람으로 알고 살아가는 사람들도 있으니까요. 어쩐지 오늘부터 또 다른 상처를 입게 될 계기를 만난 것 아닌가 걱정되는데, 제가 차를 한 잔 대접해도 되겠습니까?"

인경의 얼굴에 홍조가 피어오르며 미소가 번졌다.

"좋아요. 하지만 폐쇄된 공간에서 은밀히 도모하고 있는 사업이 무엇인지 먼저 말해주면 고맙겠는데요." "은밀히 도모하고 있는 사업! 글쎄요. 어떻게 말해야할지 궁리가 트지 않는군요."

"궁할 때는 솔직함이 가장 편하지요."

"솔직함이 편하다! 저는 사람들이 꺼리는 것, 피하는 것에 더 관심을 갖고 애정을 갖고 있는 편입니다."

인경은 그를 뚫어지게 쳐다보았다.

"그렇다면, 더 궁금하군요."

"별 것 아닙니다. 사람들이 무너질지 모르는 건물이라 꺼리고 멀리하는 것에 꽂혀 그냥 자유관에 올라가 지냅니다. 저 큰 건물에 혼자 산다는 게 얼마나 유쾌한지 모릅니다."

"그렇군요. 부럽습니다."

"그럼 차를 대접해도 되는 것입니까?"

"하지만 제가 혹시 귀한 시간을 빼앗고 있는 것은 아닌지 모르겠습니다."

"아닙니다. 은신처에 들어가서는 모르지만, 나와서는 이런 기회를 더 반기는 편입니다."

민수는 인경을 카페 시랑(詩廊)으로 데리고 갔다. 시랑에는 민수의 등반 친구들이 진을 치고 있었다. 한 번도 그런 일이 없던 그가 아름다운 여학생을 동반하고 나타나자 다들 눈이 휘둥그레졌다. 세상일에 냉소적이고 냉담한 편인 민수는 오만이 몸에 배 있었다. 특히 여자라면 하느님의 실패작 가운데 하나로 여기며 비하했다. 나사 하나쯤 빼먹고 조립한 로봇처럼 사람 기능을 온전히 할 수 없는 것이 여자라며 평소 공공연히 깔보았다. 그런 그가 여학생을 동반하고 등장하다니 놀랄 일이 아닐 수 없었다.

인경은 그날 시랑에서 영후를 비롯한 자이언트 대원들과 첫인사를 나누었다.

(4)

영후는 배낭에다 소주와 오징어와 쥐포를 주섬주섬 챙겨 넣었다. 민수가 즐겨먹던 번데기 통조림도 담배와 함께 넣었다. 배낭을 꾸리는 동안 줄곧 손끝에 민수의 얼굴이 걸렸다. '시랑'에서, 마터호른에서, 바인타브락에서, 마칼루에서의 그의 모습이 번갈아 갈마들었다. 취기가 적당히 오르면 세상을 겨자씨보다 적게 여기던 그의 오만방자한 모습이 그리웠다. 담배 연기를 뿜어 올리며 공(空)과 무(無)를 넘나들던 몽롱한 모습도 보고 싶었다.

"제 친구 중에 물구나무를 서서 봐야만 세상이 바로 보인다고 주장하는 이가 있었습니다."

에베레스트 등정에 성공하고 귀국한 후, 남부교육청으로부터 강연초청이 왔다. 남부교육청 관내 고등학생들이 대상이었다. 거기서 영후는 민수 이야기로 강연을 이끌어나갔다.

"그 기발한 친구는 특히, 광화문통이나 여의도나 테헤란로 같은 번화한 곳에서는 반드시 물구나무를 서서 걸어야 세상이 바로 보인다고 역설했습니다. 말뿐만이 아닙니다. 실제로 종각에서 시청광장까지 물구나무를 서서 걷는 시범을 우리에게 보여주기도 했습니다. 관공서나 학교나 기업체 빌딩이나 자동차나, 사람이 만든 모든 것들이 물구나무를 서서 보지 않고서는 그 속내가 보이지 않는다는 주장이었습니다. 하지만 그 친구, 바보는 아니었던지 어느 날 세상은 물구나무를 서서 살아갈 수 있는 곳이 아니라는 사실을 깨달았던 모양입니다. 그 깨달음이 그를 산을 찾게 한 모양이었습니다. 그는 우리 모르게 등반학교에 다녔다면서, 하루는 친구들을 불러 모으더니 다짜고짜 인수봉으로 데리고 갔습니다. 갑자기 웬 암벽타기냐고 따지니까, 이 친구, 우리가 지금 불가능에 도전하지 않고 무엇을 해야 하겠느냐고 도리어 우리를 핀잔하며 윽박질렀습니다. 그리고 친구는 장비를 갖추더니 묵묵히 암벽에 하켄을 박고 자일을 걸고 암벽을 오르내리며 우리에게 암벽타기 시범을 보였습니다. 그 후 우리는 기회 있을 때마다 그를 따라가 암벽타기 훈련을 강행했습니다. 몇 피치 오르지 못해 추락을 하고 부상을 당하고, 심지어는 한 동안 운신을 못할 정도의 큰

부상을 입고서도 암벽훈련을 계속했습니다. 저는 바로 그 친구의 단짝이었습니다. 저는 그 친구와 늘 산행을 함께 했고 그리고 암벽에서 무수히 추락을 되풀이하며 저를 단련시켜왔습니다. 그 친구가 오늘의 제가 있게 한 것입니다."

잠시 쉬는 겨를에 한 학생이 물구나무를 서서 봐야 세상이 바로 보인다는 뜻을 더 명확히 알 수 있게 설명해주기를 바란다고 청했다.

"요즘은 데모가 뜸해졌습니다만, 그 무렵에는 연일 대학생들의 데모로 세상이 시끌시끌했습니다. 당국의 대응은 강경했으나 어떤 가혹한 진압이나 제재도 데모를 막지 못했습니다. 학생들은 한 번도 이겨본 적은 없었습니다. 늘 터지고 피를 흘리고 졌습니다. 그러나 학생들은 자신들의 주장이 정의롭다고 확신하고 있었습니다. 그 확신이 늘 데모를 추동했던 것입니다. 그래서 아마 그 친구, 물구나무를 서서 봐야 세상이 바로 보이는 것이라 주장했던 것 같습니다."

그날 영후는 얼결에 다음과 같은 말을 덧붙이도 했다.

"암벽이나 빙벽을 탈 때는 늘 죽음과 맞서 있는 것과 다름없습니다. 천사도 마귀도 도와줄 수 없습니다. 오로지 자신의 의지만으로 극복해 나가야만 합니다. 그 때문에 암벽이나 빙벽 등반을 두고 치열한 자기와의 싸움이라고 하는 것입니다. 그렇습니다. 자기와의 가장 치열한 싸움의 현장이 바로 암벽 등반인 것입니다. 그러나 저는 좀 다릅니다. 저의 경우는 외로움과 싸우는 일입니다. 저는 사람이 살아가는 전 과정이 고독이 그 에너지로 작용하는 것이라 믿고 있습니다. 다시 말하면, 산다는 것은 고독을 이겨내려는 몸부림에 지나지 않는 것이다, 산다는 것은 외롭지 않기 위해, 소외되지 않기 위해 발버둥치는 것에 지나지 않는 것이라 믿고 있습니다. 저는 그런 삶을 가장 생생하게 실감할 수 있는 곳이 바로 히말라야의 빙산이라고 생각합니다. 제가 외롭지 않았다면, 나라는 존재에 대한 두려움이 없었다면, 저는 결코 히말라야에 도전할 뜻을 품지 않았을 것입니다."

이것은 언젠가 민수로부터 들은 말이었다. 시간의 경과와 함께 그것이 영후의 생각으로 내면화되었고, 급기야 영후의 주장으로 나타나게 된 것이었다.

"선생님, 선생님은 몇 해 전, 마칼루에서 자일파트너를 잃고 혼자 돌아오신 분 아닙니까? 그때 잃은 자일파트너가 아까 물구나무를 서서 세상을 봐야 바로 보인다고 주장했던 그 친구 분 아니었습니까?"

영후는 입술을 질끈 깨물었다. 당황한 빛을 감추기 위해 심호흡을 했다. 여기서 저런 난처한 질문을 받게 되다니, 예리한 칼날이 휙 가슴을 긋고 지나갔다. 호흡을 가다듬은 영후는 대답하지 않을 수 없었다.

"맞습니다. 바로 그 친구였습니다. 그 친구는 세상을 담뱃갑이나 술병 속에 응축시켜 넣고 조롱할 수 있는 재주를 지닌 비상한 친구였습니다. 그는 구십구 프로 꿈으로 이루어진 친구였습니다. 그 친구에 비하며 저는 아주 용렬하고 비겁한 순응주의자입니다. 그 친구는 히말라야를 무덤으로 삼겠다는 꿈을 이미 실현했습니다. 그러나 저는 그 꿈을 아직도 달성하지 못하고 있습니다. 지금 이 자리의 여러분 중에는 한걸음 더 나아가 달이나 화성 같은 그런 우주를 무덤으로 삼겠다는 꿈을 지니고 있는 학생이 있을지 모르겠습니다만, 당시 우리의 꿈은 히말라야 정도로도 대단한 것이었습니다. 그 친구와 저는 에베레스트를 비롯하여, 8천 미터 급 거봉들을 차례로 답파하고 유럽의 몽블랑, 아프리카의 킬리만자로, 북미의 매킨리, 남미의 아콩카과, 다섯 대륙의 최고봉들을 모두 등정하기로 약속했습니다. 그런데 그 친구는 마칼루에서 용렬한 순응주의자인 저를 살리기 위해 스스로 자일을 풀고 자신의 꿈을 너무 일찍 실현시키고 말았습니다."

그렇게 말하는 동안 겉으로는 태연해 보였으나 영후의 가슴 속에는 거친 바람이 휘몰아치고 작달비가 퍼부었다.

(5)

이게 실로 몇 년 만인가. 4년, 5년? 공교롭게도 지난 몇 년 동안 영후는 민수의 기일(실종일)에 멀리 원정길에 올라 있었다. 어떤 해는 그랑드조라스에서, 어떤 해는 초오유에서, 또 어떤 해는 아콩카과에서 그의 기일을 맞아 쓸쓸히 그의 부재를 실감하며 생전의 그의 모습을 기리고는 했다. 그의 얼굴이나 다름없는 추모비를 만나게 될 오늘, 참으로 할 이야기가 많을 것이었다. 술도 권커니잣커니 많이 나누게 될 것이리라. 그에게 마칼루 재도전에 실패한 이야기며, 초오유 등반에 성공한 일도, 아콩카과 이야기도 궁금해 할 것이 틀림없고, 이번에 오른 K2 이야기는 더 구미 당겨할 것이 틀림없었다.

민수는 마칼루와 함께 에베레스트를 좌우에서 호위하듯 우뚝 솟아 있는 초오유에도 오르고 싶어 했고, 언젠가는 단단한 화강암 덩이 같다는 수직의 요세미티는 물론 아콩카과에도 오를 기회가 오지 않겠느냐고 말하기도 했었다. 그러나 그런 많은 소망을 하나도 이루지 못한 채 그는 마칼루 크레바스 지대에 잠들어 있고, 그런 욕망이 별로 없었던 영후 자신은 이 세상에 남아 엉뚱하게도 그의 소망을 하나하나 훔쳐가고 있으니, 마음이 척척해지지 않을 수 없었다.

인수봉은 언제 봐도 안온한 인상이었다. 어디 한 군데 모난 데 없이 둥그렇고 원만한 외양이 언제나 자애롭다. 어머니로부터 꾸중을 듣고 쫓겨날 때마다 포옥 안아주는 이모의 품, 어떤 응석도 다 받아줄 것 같은 너그러운 인상, 오늘도 인수봉은 그런 인자한 모습으로 영후를 맞아주었다.

인수봉을 정면으로 바라보고 선 순간 영후는, 언제나처럼 용기와 결단과 인

내가 전제된 용서와 화해와 관용에 대해 인수봉이 속삭이고 있는 것 같았다. 영후는 가슴을 열고 인수봉의 속삭임을 받아들였다. 그런 인수봉의 자애로운 시선이 지켜주는 지점에 민수의 추모비가 서 있었다. 영후는 추모비 앞에 무릎을 꿇었다.

"오랜만이다. 자주 찾아오지 못해 미안하다. 이번에 인경이 마칼루에 다시 오르자는구나. 아마 민수 널 꼭 데려올 생각인가 봐. 나도 낭가파르바트 등정 계획을 뒤로 미뤘다. 낭가파르바트 원정을 다음으로 미루자고 하자 자이언트 대원들이 난리가 났었다. 하지만 내게 너를 데려오는 일보다 더 시급하고 중요한 일이 뭐가 더 있겠니. 우리가 찾아가면 이번에는 꼭 나타나 우리를 만나주렴."

자기도 모르는 새 흘러내린 눈물을 닦고 난 영후는 배낭에서 술과 담배를 꺼냈다. 담배에 불을 붙여 기단에 올려놓고 종이컵에 술을 부어 주위에 골고루 뿌렸다. 다시 새 잔에다 술을 부어 연기를 피워 올리고 있는 담배 옆에다 경건하게 놓았다. 오징어와 쥐포를 찢어 술잔 옆에 놓는 순간 어떤 손이 문득 나타나 술잔을 드는 것 같았다. 놀라 확인하려는 순간 그 손은 환각처럼 사라져버렸다.

세 번째 술잔을 권한 다음 영후는 그 동안 밀렸던 이야기를 시작했다.

"지난번 K2에 다녀왔다. K2도 힘들었지만 그 전에 다녀온 초오유는 더 힘들었다. 내가 위기에 처할 때마다 민수 네가 도움의 손길을 뻗쳐준 걸 내가 다 안다. 네 도움이 없었다면 나도 아마 초오유 어딘가에 누워 있었을 것이다. 네가 나를 네 곁으로 불러가지 않고 초오유를 내게 허용한 까닭을 내가 충분히 알고 있다. 너는 필경 세상에 남아 있는 내게 우리가 함께 오르고자 했던 낭가파르바트, 안나푸르나, 칸첸중가, 마나슬루 등을 모두 등정하기를 바라 그랬을 것이야. 내가 다 안다."

초오유에서 영후는 여러 차례 죽음과 조우했었다. 빙벽에서 슬립을 할 때마다 죽음과 선연히 마주쳤고 죽음과 굳게 악수를 나누기도 했다. '초오'는 티베트 말로 신성 또는 정령이라는 뜻이고, '유'는 터키옥이라는 뜻으로 터키옥처럼 아름답고 기품 있는 여신이 사는 성스러운 산이라는 뜻이라는 데 여신이 심술을 부린 탓인가, 자이언트 원정대는 등정 내내 악천후와의 다툼이 그치지 않았다. 죽음을 늑골에 차고 추락의 위험이 도사리고 있는 설릉을 트래버스하거나 수직의 빙벽과 사투를 거듭해야 했다. 위급한 고비를 만날 때마다 영후는 민수처럼 날개를 활짝 펴고 비상하는 새가 보고 싶었다. 죽음과 맞닥뜨린 절망적인 순간마다 민수가 읊조렸던 '고독한 새의 다섯 가지 조건'을 절박하게 읊조리고는 했다.

첫째 부리와 눈은 더 높은 희망을 향하고 있을 일이요.

둘째 홀로 사색의 깊은 호수에서 보석을 건져 올릴 일이요.

셋째 오를수록 정상은 더 아득함을 알아야 할 일이요.

넷째 결코 같은 색깔의 깃털에 안주하지 않아야할 일이요.

다섯째 늘 낮고 낮은 소리로 노래를 이어갈 일이다.

고도 7천 8백 미터 마지막 6캠프를 출발한 지 일곱 시간에 걸친 사투, 한발도 옮겨놓기 힘든 절망적인 순간 문득 나타난 정상, 거기서 구름바다를 뚫고 얼굴을 내밀고 있는 이웃 거봉들을 바라보는 순간, 막막한 가운데 정상에 올랐다는 희열도 마침내 해냈다는 승리감도 없었다. 함께 등정한 셰르파가 배낭에서 네팔기를 꺼내 정상에 꽂는 모습을 무감각하게 바라보고 있던 영후는 비로소 배낭을 열었다. 태극기와 자이언트산악회 기를 꺼내 신중히 정상에다 꽂았다. 두 개의 깃발이 바람에 찢어질 듯 펄럭이기 시작했다. 영후는 자이언트

산악회 깃발 옆에 엎드려 얼음을 헤치고 구덩이를 팠다. 그는 품속에 간직하고 갔던 사진을 꺼내 구덩이에 묻었다. 사진을 묻으며 영후는 가슴을 부르르 떨었다.

"민수, 너를 초오유에 심었다."

다시 술잔을 채워 민수에게 권했다.

(6)

탑승수속을 마쳤을 때 휴대전화가 울렸다. 영후를 비롯한 자이언트 대원들은 대형 TV 앞에 모여 있었다.

"언니, 나 좀 보면 안 될까?"

인경의 마음은 이미 히말라야로 날아가 있었다. 어젯밤 잠자리에 누웠을 때 이미 마음이 먼저 마칼루를 오르고 있었다. 마칼루 상공 어디쯤을 선회하고 있을 민수가 머릿속을 가득 채워 한숨도 잠을 이룰 수가 없었다. 그런 인경에게 응석 섞인 자은의 전화는 환각처럼 느껴질 뿐 실제적인 감각을 일깨우지 못했다.

"지금 여기가 어딘 줄 아니? 공항이야."

"공항?"

"놀라긴. 방금 탑승 수속을 다 마쳤어."

"그게 무슨 날벼락이야? 언니, 나 아무래도 자신 없어. 언니 없이는 안 될 것 같아."

"엄살 부리지마. 자은이는 잘 해 낼 거야."

"언니, 엄살이 아니야. 내가 제 발로 설 수 있을 때까지 언니가 도와줘야 해. 언니가 공들여 이룬 것 내가 다 망치면 어떻게 해?"

"죽는 소리 그만해. 너, 중세 연금술사보다 유능하다고 큰소리 칠 때는 언제였어. 자은이 넌 연금술사들과는 달리 틀림없이 납으로 금을 만들어낼 거야. 난 출판에 관한 자은이 너의 그 동물적 감각을 믿어."

"공연히 추켜세우지 마. 내가 다 말아먹으면 어떡하려고?"

"이미 말했잖아. 말아먹든 구워먹든 이제 자은이 네가 알아서 할 일이라고. 나라는 존재는 아예 염두에서 싹 지워버려. 너와 내가 갈 길은 다르지 않아. 내가 갈 길은 히말라야의 빙벽과 대결하는 일이고 자은이 너의 길은 출판 시장과의 대결이지. 하기야 나의 미래는 가시적이고 실체적인 산과의 싸움이지만 너의 미래는 비가시적인 시장과의 싸움이어서 네가 나보다 힘들게 느껴질는지도 모르겠다. 하지만 넌 잘 해낼 거야."

"언니!"

자은이 음성을 낮춰 애틋하게 불렀다. 인경은 대꾸하지 않았다.

"언니, 언니는 왜 화려한 성공으로부터 도망치려는 거야? 출판계의 신데렐라, 출판계의 혜성이라는 평판이 싫은 거야?"

"우리 이제 그런 쑥스런 말 그만 하자. 난 내가 가야할 길이 있다고, 그 길을 가지 않으면 안 된다고 얼마나 강조했어. 전화 끊어."

인경은 단호하게 전화를 끊어 버렸다. 내가 마칼루에서 민수를 만난다면 모르려니와 그렇지 않으면 돌아와 자은을 다시 만나는 일은 없을 것이리라. 탑승 안내 방송이 들리자 영후를 비롯한 자이언트 대원들이 자리에서 일어났다. 인경은 그들의 모습을 바라보며 손을 흔들어 자신의 존재를 확인시켰다.(*)

유익서

1974년 한국일보 신춘문예 소설 '부곡' 입선. 소설집 『고래그림 碑』 외. 장편소설 『민꽃소리』, 『노래항아리』 외. 대한민국문학상 신인상, 성균관문학상 등. 부산소설가협회 회원.

편집후기

부산문학인길벗모임은 문단 등단여부나 현실적 성공의 정도와 상관없이 문학을 사랑하는 이들이 함께 길을 걸으며 문학의 길을 묻고 삶의 길을 함께 가고자 결성되었다. 자연을 존중하고 자연의 인간을 존중하며 인간적인 문학을 사랑하고자 2017년 11월에 정식 출발했다. 이는 그 전 10여 년간 명맥을 이어온 부산문인산우회의 자연사랑 정신을 발전적으로 계승한 모임이기도 하다.

인간과 자연은 구분되기 이전에 이미 하나였고, 자연은 인문성과 문학의 모태가 되기도 한다. 그렇게 한 달에 한 번 우리는 길 위에 모여서 길을 걸으며 자연과 소통하고, 문학을 이야기했다. 무크지『길 위에서』는 그렇게 탄생하게 되었다.

길벗 회원들과 조갑상 선생님을 비롯하여 소중한 작품들을 보내주신 모든 필진들께 다시 한 번 감사하다는 말씀을 드린다. (채수옥)

길벗문우회 무크지

길 위에서

발 행 인 부산문학인길벗모임

주　　간 신 진

편 집 장 채수옥

편집위원 김영옥 박이훈 최혜영

길벗(가나다순)

감정말	강영옥	김광수	김대환	김덕칩	김명옥	김무영
김미순	김 봄	김석이	김소희	김영옥	김원용	김종완
김혜영	김홍규	노옥분	명은애	문양환	박달수	박순형
박이훈	박지현	박홍배	백영희	백지영	송만영	신 진
심순복	염귀순	우아지	윤미순	이범수	이형택	임혜라
정인성	조의홍	채수옥	최갑진	최준규	최혜영	한경동

발 행 처 작가마을

부산시 중구 대청로141번길 15-1 대륙빌딩 301호

T. 051-248-4145 E. seepoet@hanmail.net

발 행 일 2018년 12월 25일

값 12,000원 ISBN 979-11-5606-120-5